竹韵斋三部头

——散文·诗歌·戏剧

郭钦宗 著

东南大学出版社
·南京·

图书在版编目(CIP)数据

竹韵斋三部集:散文·诗歌·戏剧/郭钦宗著.
—南京:东南大学出版社,2014.8
ISBN 978-7-5641-5060-0

Ⅰ.①竹… Ⅱ.①郭… Ⅲ.①散文集—中国—当代②诗集—中国—当代③剧本—作品综合集—中国—当代 Ⅳ.①I217.2

中国版本图书馆CIP数据核字(2014)第155963号

竹韵斋三部集——散文·诗歌·戏剧

出版发行	东南大学出版社
社　　址	南京市四牌楼2号(邮编:210096)
出 版 人	江建中
责任编辑	吉雄飞(办公电话:025-83793169)
经　　销	全国各地新华书店
印　　刷	北京京华虎彩印刷有限公司
开　　本	700mm×1000mm 1/16
印　　张	9
字　　数	121千字
版　　次	2014年8月第1版
印　　次	2014年8月第1次印刷
书　　号	ISBN 978-7-5641-5060-0
定　　价	36.00元

本社图书若有印装质量问题,请直接与营销部联系,电话:025-83791830。

序言

当我对格律诗词、戏剧文学还处在似懂非懂时，幸亏结识了厦门地方文化专家张簪塔。张老师是厦门诗人，他介绍我认识了厦门大学著名的词人、词学家黄拔荆教授和林丽珠教授，还请两位教授指导我的古诗词规范创作。在两位教授的指导下，方创作成章。

因生长在南音的故乡，受到南音和戏剧文化的熏陶，对南音艺术和戏剧文化也就产生了浓厚的兴趣。

在厦门工作了多年，空闲时也会到南音圈里和唱曲子。偶尔认识了戏剧评论专家郭茂楼老师，他也爱好南音。因为有着共同的兴趣爱好，我经常能和郭老师一起学习研讨戏剧，才使我有机会深入了解闽南戏剧文化，为后来戏剧创作的实践巩固了较为坚实的理论基础。

经郭老师的引荐，我又认识了泉州著名的梨园戏剧作家王仁杰老师。王老师对我的戏剧文本进行了一番品阅和校注，之后我的戏剧创作就逐渐成戏了。

再是得到家乡同村的郭修明和邻村的林炳坤两位老师的错褒，从中受到鼓舞。两位老师为人和善热情，深受后生的尊敬。恰好也因共同的南音爱好，我们有时会聚在一起合奏几首曲子，以抒情怀，成了忘年好友。

散文、诗词则记叙了我沿途的阅历感受和某些体会。

在我看来，人的精神需求远大于物质需求。庆幸的是在厦门期间认识了这几位学术界的专家学者前辈，并得到他们的帮助，使我走到文学这条人类精神文化的道路上来。此书的问世，承蒙诸位老师的指导与关爱，在此深表谢意！

作者

2014 年 6 月

目录

第一部 散文

第二部　诗歌

第三部 戏剧

第一部

散文

1 闽南乡村的春节

常年在外的人们，到了除夕的前一天基本都回家准备过年了。村邻好友有的会相互串门问候，偶尔会言叙一年来的盈亏。到了除夕中午，吃完“搅薯粉”①，妇女们就备好佳肴，挑着菜篮子到庙里去烧香。等过了午后，就在自家大门外开始摆出菜肴和男女彩纸衣，准备“烧伏”②，宴请那些路过的“人客”③，以讨平安吉祥。这一天也是送神的日子，她们都要先到庙里去烧香送神，然后在自家里的神佛面前烧香，将诸神送往天庭去高升。到了晚上，家人再围炉过年，守夜漫叙。

等中夜一到，各村户都会到院子中央或大门外或屋顶的空旷地方摆上烟花礼炮点燃，以第一时间迎接新年正月初一的到来。声音越大越热闹，瞬间遐迩村庄的上空绽放着七彩烟花与爆竹声的繁华景象，给寂寞已久的乡村带来了浓浓的节日氛围，这样流光溢彩的热闹场面足足延续了半个多小时，闽南人将这时候叫作“开正”。

正月初一是“开年日”，这一天早上，记得孩时听老人说要吃面线糊，象征在新的一年里一家人的身体健壮无病灾，就能长寿。半午时分，村

① 地瓜粉与调料放锅里搅拌煮熟的午餐，其味香甜可口。

② 村妇们将粗纸加工成冥钱样烧给路过的无家鬼；伏，指冥用零花钱。

③ 无家的冤魂。

里的各角落汇聚着男女老少，三五成群，肩上挑着菜篮子，手里拿着祭品，一到村路上便形成菜篮子队伍，到庙里和邻近的寺院去烧香点烛，他们嘴里喃喃地念着吉祥词儿。从高处看，村庙的上空升腾着一团浓淡参差的紫雾，若现若隐，给乡村再现出人间仙境的神话景象。

初二是“女婿日”。凡是去年新婚的，夫妻俩上午都要带着几个伴郎到女方家做客，新娘家有宴请新女婿并邀来亲友邻居作陪的礼俗。这天空闲的村人有围伙打牌的，有懂南音的会走到一起或串村来和曲子，也有相约饮酒聊家常的。

初三是传统的“乞丐日”。一般都不出门做客，专等乞丐上门来说好话。这一天早上妇女们都要“接神”，是将除夕送上天庭的神灵接回自家和庙里安置，以求新年新祥福。

到了初七的早餐吃“七宝羹”①，以图五谷丰登，迎来好年冬。

初九是“天公生”②。除少数有急事外出的提前向天公做祈祷外，这一天妇女们都要准备牲礼和购买竖料③、祝寿料④、大人⑤、贵人⑥、黄钱⑦等，摆在自家大门内的天灯下增补福寿，以祈祷家人一年里的平安富贵。一般在前夜饭后开始摆上这些祷神事，直到翌日清晨焚金鸣炮⑧。大清早的隆隆鞭炮声虽然唤醒了很多梦乡人，但在这样浓厚的传统节日里，没有人会去计较。等天亮后，她们再挑着菜篮子到邻近的寺庙里去谢天，祈愿得到天公的保佑，恩赐予更多的祥福。常年在外事务繁多的人，到了这一天就都出远门忙碌去了。

初十的晚上就开始有小孩子提着灯笼出门，嬉闹声和彩炮声汇集一

---

① 用七种农粮合煮成粥为早餐，相当于北京的腊八粥。
② 玉皇大帝的诞辰。
③ 天官形状，象征富贵。
④ 为家里的老人增寿。
⑤ 是家人万一遇难的替身说法。
⑥ 希望家人在外能得到贤贵人士的器重与栽培。
⑦ 也叫大钱，用黄纸剪折成一串长笼形状，寸宽红纸环腰，象征吉祥富贵。
⑧ 焚烧金纸和点燃鞭炮，表示结束。

团，各村一到夜间都陆续地点起了大红灯笼。最热闹的数元宵这一夜，洋溢着喜庆的遐迩村庄便笼罩在一片汪洋的灯海里，到处游动着。从高处俯瞰村庄，像是天上点亮了迎风摆动的七彩街灯，俗称“游街灯”。小孩结伙提着形状颜色各异的灯笼，逛村穿巷地游走。胆大调皮的孩子会躲在暗角里，模仿各种怪异声吓唬胆小的伙伴，以求过瘾。古时有妇女听香的习俗，大都是在半夜时分才悄悄地从庙里点燃一炷香，请神佛恩准自己想去的方向角落，隐蔽在人家檐下，听取自己想要知道的吉祥事儿。这一夜的长辈和妇人们一般都会说好话，以求得如愿所说。孩子们经常闹到凌晨鸡叫方肯逐渐疏散回家睡觉。

正月十六“添香日”①的早上，有的老人会说“上元吃了乜都完”②。到了晌午，家家大门口都摆着桌子、香炉和金纸鞭炮，专等长者召集青壮年的村民扛着庙里的“境主”③来巡视平安，凡经过自家门口的都会燃香、焚金、鸣炮，以示临家保佑。

过去的这一天下午，村里有举行运朝拜，亦称运春景的风俗。这是正月的最后一次过节高潮，也相当热闹。春耕就要开始了，人们为祈求天公恩赐人间农作物的风雨匀当，以利于更好的秋收冬藏，特让家里的小孩骑马在前开路，老人牵马更是一脸灿烂的容光。男孩在前女孩在后，因为男孩如春，他们肩上承载着菜篮子的传承，是村人们和这一片田地的希望。村里有南音队的会组织和老少们的锣鼓、彩旗队进行踩街，伴着阵阵的鞭炮声一起绕村，载歌载舞，按长者指定的境内古道运走一圈。

翌日百工如常，春节呈现出闽南古乡村特有繁盛的习俗。

——2014 年 1 月 31 日

---

① 一种精神祷告，意为新的一年里若增加丰收后，再以香火谢天，一般各村举行时间有小异。

② 方言，意说春节到此结束，暗指春耕就要开始了，各行业也随之开始。

③ 指村庙里的辖区主佛。

2 祭妗[1]文

是年八月初七，闻妗郭府郑氏珍兰身故，盈泪沾眶。虽同村家仅咫尺，却居旅游踪，故少登门问候。匆促间告假返乡，是夜书文以奠唁：

呜呼！伏惟追忆少年，我兄妹幼小，父疾而门槛清零，蒙外祖与您之助，为我家减负。父病无常，每当您闻之赶往扶持至清醒。因父疾难愈，每每险象环生。后不幸溺水身故，罹难时您急奔山尾园坝，一路呼吁寻人，之后协筹后事。

我兄妹提年相继入槛，寄外祖居所抚养，后为您凑合成家。我少弱体瘦，成长波折，外嬷[2]常说我生风感冒鼻塞，好您阿妗抱前去后就医，帮忙护理，彼时未能悟及其恩。至学童一次感冒高烧，您来时促卷被铺带我急奔医院，是时已会及您恩情之深厚，只是未以表述。因少年性情不羁而嬉闹，您常哂之大度，使我感至倍以亲切。

父丧我年十二，家境拮窘，十五随表兄外出学艺，后深知力乏而畏于粗活，始悟及他日生活之难与前途之渺茫。曾听路雁留声，然我一生将何留之思索！故以斟酌前路，何如起兴？因悟及为人者，当立身树标。遇时立年，故而重履学路，受人之不受与不解之闷，独其出入，负屈难陈，

① 舅母的别称。

② 闽南方言，指外婆。

奈何乎？后幸学有浅成，今为人师，任教中学，育以桃李。

成家多年后，彧吓出生为我家添一人丁，带来喜悦无穷。初悦为人父，亦兼虑及将来何以育导，迄今苦思而索。是为其正面成长，馨以门庭。方尽人父之责。

为生计与前途，我常年漂泊在外，顾不及家庭，彧吓亦逐以长大。辗转思来，当以身教作则，言教其后，望及事半功倍。时有入门，见您手着其手，但闻切切声之妗婆，偷喜您对其爱之有倍。至他略通人事一清节，我外事未归，嘱其随舅公、诸表兄同行为外曾祖扫墓献纸，以示追念，并告之此为咱家世泽之源，他日勿以忘却。

我日前归望，倚榻握您手之背腕，虽干瘪枯瘦，然只手曾顾及我之前后。侧聆您言及家风以睦为荣之训导，继嘱我莫费之来去。念及此三世情意而盈泪夺眶，积久言辞惟付诸秋阳碧落，岂是顷刻所能言尽其意。任病魔摧残，也未能敛去您一往慈爱之神情。

呜呼！呜呼哀哉！愿阿妗您前路珍重！今极目远山行云，惟痛西风裁叶之疾，失我其亲。呜呼哀哉！

尚飨！

外甥　泣拜！

——2013 年 9 月 12 日

3 希望

清晨，迎着严冬的寒意出了赁舍，不觉来到了邻近公园，顺着台阶迤逦而入，感觉这里的空气特别清新。

此时的园里很清静，耳边不时听到外边马路上车辆驰过的声音，更觉这里的清晨有着空山般的寂寥。在乳白色路灯的辉映下，地沟沿种植着一排长长的桃树，虽有少许稀零的残叶，也掩盖不了那枝丫光秃颓废的景象。记得去年三春时一次路过来此闲憩，看到和其他林木相与争荣的枝叶以及满脸羞答答的桃实，凸现出盛与衰的对照，或许桃枝们在开花结果前必须历经这严寒的挑战。

在一个拐弯处，穿过阴暗的园林登上了半山台阶。眼前的周遭还是一片黝黑，倏然听到有一股亲切的流水声，顿时驻足倾听，这清雅的声音自从离开老家的山村就未曾听过了。林外银白的月色透过乱林密集摇曳的树梢，依稀可以看到邻近的一泓墨池，一株光秃的桃树默默地静立在池水的边沿，和一块顽石隔水相觑。看它始终不肯言出处在寒夜里的孤寂和面对顽石的冷漠，也许这就是它与生俱来不屈服夜的黑，愿与孤寂为伴的性格吧？此景似有夺天匠之工，不失幽雅情趣，给我的心境又增添了几分宁静和爽朗，这不能不算是一种稀有的享受。

不知道在这里站了多久，甬道上开始有人晨练走来的声响了，自己也该下山了。刚舒张的手在回走时不经意地一挥，触到一株桃枝，顺手往下一拉，那光秃的枝丫上早已萌生绿苞。哦！这绿苞就是春天的预兆，正如朱公《春》文的一句“春天的脚步近了”。沉睡在严冬已久的万物也将复苏了，桃红又是一年春，很快就能看到这园里桃花盛开的大好春光了。此时的我如浴春阳，心底油然升起一股暖流，忘却了闽南冬晨的寒意。

季节的更替和草木的枯荣，不也是人生起落的轮回征兆？一分耕耘一分收获，人生总有春风得意的好时候！

——2013 年 1 月 29 日

4 教堂里的追念

今晚和她一起走进这圣洁的教堂，前台的主事正在心无旁骛地传教。为不影响他人，我们坐后排，和大家一样静静地聆听“主”的教导，时而也跟着大家在心里一起默默地祷告。

一阵唱诗的声音袅袅地回荡在这个虔诚的空间里，诗歌的韵律很柔和，也很温馨。我捧起摆置在面前的经书翻阅。那字里行间的劝世和祷告，让我徜徉在遥远的那一段日子里。倏尔间，一个熟悉的倩影出现在我的眼前，虽然时光不再，却依然如此的活跃！使我打开那久闭的记忆……

哦！是她。然而，此时与她相隔却是如此的遥远。

记得几年前同样也在教堂里和教徒们一起唱着诗歌，当时也是身为教徒的她约我进来的。尽管今晚事过境迁，时空悠远，但她那文静和善的笑容，依然浮现在我的眼前。看着她那亲切、活泼的脸儿，多想叫出她的名字啊！可如今时空相隔如此遥远，对她的名字早已陌生了。为什么总在失去时才知道珍贵，拥有时却不知道珍惜？或许这就是人对客观事物认识的初始吧，致使当初彼此在纵横交错的这座城市中擦肩而过。祈愿她开心、快乐地走好前面这一段漫长的人生路。

一堂晚课结束了，我们随着人流走出了教堂。然而今晚约我走进这间教堂的她也是一名教徒。送走她之后，我踏着一段路的月色走在回学校的路上。

夜风里，我顿生无限的感想："主啊，请你转告她我的祝福！"曾经的相识，只能是人生旅途中的一则小故事。感谢她今晚带我来到这里，让我重返到遥远的那一段美好的时光里。

——2012 年 6 月 1 日

5 漫步公园

沥沥霪雨，独自撑伞进入公园，走在被雨水浸湿的石道上，萧清的路上行人稀少。我顺着蜿蜒的甬道进入一片带有少许暗绿色枯干的草丘边，此时虽然是严冬季节，但那穿越枯干草色的甬道两边种植的许多颜色各异的花儿，在这寒冷的冬季里却显得特别的妖艳、醒目，点缀了这冬季枯干且单调的颜色。

来到湖边的柳树下，这里的湖水很浅，很清澈。几只寒鸦从林中的树上坠落，愉悦地在花儿的周遭跳跃嬉闹，使我想起古曲中那支《寒鸦戏水》的曲子，是如此的形象。也许寒鸦们知道这严冬已将到了尽头，那和煦的春日即将来临而忘了此时身上的寒冷。甬道的音箱里播放着低沉的乐曲，听起来感觉很怡神。林中传来的鸟音也很清脆、悦耳，和这幽雅的环境很谐调。都是灵禽嘛，天生万物皆有灵性。

倒映在水中的柳条一颦一簇地晃动着，显得很轻柔也很活跃，再看岸上枯黄憔悴的柳丝很不对称。平静的湖面像是一面刚磨过的铜镜，很清晰。一脸憔悴的寒柳不知有多想看到拥有崭新翠绿面孔的自己，好感受一下自己那婀娜多姿的靓影。

绕了一圈，走到一座小拱桥上，我驻足桥中，爽朗地观赏那高耸云天和倒映在水中的华丽楼群，那是时代人追逐高品质生活的象征。回望桥内，静立水中的是类似松柏风景的树群，岸上这些树的落叶丝都枯成棕红色了，将树群底下铺上一大片红灿灿，像是一条棕红色的丝绒毯。不！怎能说是“枯”呢？那是在蜕变绿的新衣。

任凭思绪飞扬，我边走边静静地聆听雨水打伞的声音，心想这场大雨定然是春光好雨的预兆。

——2012 年 1 月 13 日

6 犬吠先生

一位教书先生家境拮据，平时少言寡语，邻居亲友都看不顺他。村里时常有狗围在他的前后狂吠，甚至隔几座楼房的狗闻声也会匆匆地赶来参与。

一天，也许是常年食人间烟火的缘故，一条大公狗老远冲着先生跑来，劈头就是一阵“汪汪汪”地蛮吠，显出一副嚣张神气的样子。

“我又没得罪你啊，大公狗，你冲我叫什么来呀?”先生胆怯地说。

“我爱吠谁就吠谁，别人到我地盘上都给我肉包子吃，谁叫你不来讨好我呢?”大公狗一副傲慢的样子。

“你这条狗真是神经病，我干吗要讨好你呢?”先生很不服气。

“你再顶嘴待会儿看我咬上你一口，让你尝尝我的厉害!”大公狗这下吠得更凶。

先生心里想着这场合不对呀，或许他知道被狗咬的滋味，于是立即退避三舍，走人。刚拐过几条巷口正悠闲地走着，突然，又从两边的门缝里钻出几条大狗，不分青红皂白地对先生又是一阵胡乱的狂吠，好像比刚才那条大公狗吠得更厉害。群狗一边相觑着，一边摆着尾巴和先生对峙着看。

这下可把先生给吓住了，他担心这几条没有人性的狗随时都有可能会扑上来咬上自己一口，顿时一颗心都提到嗓子眼上来了。或许群狗还没找到咬先生的理由，看到先生忐忑不安、提心吊胆的样子，终于呼应了几声，摆着尾巴散开了。

从那以后，先生离开了那个村子，到了一座城市教书。

在这繁华的都市里，有几家古老的唱曲子馆里经常有先生的身影出没，他是这里的常客。先生经常走街串巷来这里和曲子，来自街头巷尾的几条憔悴干瘪的宠物狗，时不时也会在先生身前背后吠上几声。

一天，先生从曲馆子出来经过一大户人家门口。都说狗很灵敏，可能是听到过路的脚步声吧，突然间，从一座豪门里闯出一条剽悍、浑身油亮的大毛狗，颈上戴着套绳，来势汹汹，可把先生给镇住了。这回他可不敢顶嘴了，傻傻地站着一动也不敢动，大毛狗绕着先生转了几圈，蹲在一米处，没头没脑地乱吠着。

就在这时候，从豪门里走出一位中年贵妇人，手上还抱着一条小乳狗。小乳狗也不时向着先生吠上几声，那贵妇人捡起大毛狗的套绳，一腔傲气地说：

“你这人真是的，还站在这里干吗呢？还不快走，等我家狗咬啊？再不走，要是这绳子松断了咬到你，那可不关我的事哦。”

“你——这是什么世道啊？”先生无奈地摇着头走了。在他背后暗笑的贵妇人也牵着她的大毛狗进屋去了。许久，这所豪宅里还传出狗吠声，在都市空旷的马路上回荡着。

——2008 年 6 月 25 日

7 午夜梦回

睡梦中醒了过来，觉得夜很深了。只听见屋外窗台上的纤维板，时而在雨水的打击下，有力地发出当当的声响。

哦！记得躺下去睡觉的时候还是一场滂沱夜雨，也不知道下了多长时间，想必刚停止不久吧？此时是檐前的滴水和纤维板的坦然对话。他们的心中不知隐藏了多少无奈，而这些无奈却期盼了多少个日日夜夜，等待着倾诉。好不容易才盼到现在，终于可以尽情地言叙了。

长时间的劳累换来此时短暂的宁静，终于忍不住爬了起来。现在可以心静气和地说说想说的话了，还得感谢窗外那言辞有力的雨水，使我重新打开电脑，坐对荧屏。回想昨日发生了一连串不如意的琐事，在手指的跳动下跃出了屏面，显得很苍茫，很无奈！只好停了下来，静静地细听那雨水的诉说，心中顿时不知觉地宽慰了许多。

滴水的声音由刚才的铿锵转为私语，越来越小，直到最后停止。想必他们和纤维板一阵密切的倾诉后，都已进入梦乡了吧。

起身打开紧闭的窗户，一股清新的气流透过夜的黑沁入心脾，精神一下子觉得格外的凉爽。其实，人也一样要倒掉心中的郁闷，保持自己精神空间的纯净，不被外界的不良所污染。一切都好了，一切都过去了。想想这些不愉快的事都不重要了，重要的是明天要怎样过好。

也该让自己的心绪回归原有的平静了。此时的我感觉到，夜，原来这么美！

——2011 年 5 月 17 日

8 没有渔舟也唱晚

坐落在泉州百崎民族乡的鹰山下，倚东北向的山麓有座水坝，依山角隅深处围绕着蓊蓊郁郁的树林，遐迩是一片村民耕种的田地。这里的环境很清雅，是我放飞思绪的好去处。

时常外归就到这里来独坐黄昏，看着水里的野鸭子无拘无束地畅游着，瞧它们生活得多惬意啊！有时倒映在水里的余红和周遭的一草一木构成一幅瑰丽的山水晚景画，使这里的人文更富有诗意，显得格外的幽谧。

水坝东侧有一条小径通往山巅，如果你爬上山顶就可以看到漫无边际的大海，大坠岛屿的轮廓格外清晰，还有那停泊在港湾的船只，让你感觉到“野渡无人舟自横”的宁静。孩时和村娃们来到这里的林中敲打树枝、抄鸟窝、相互追逐时的童真笑语依然在脑海中回荡着。

水坝正面由西往东延伸着一条巨龙般的渠道，逢干旱时是村人灌溉田地的唯一水源。站在岸上可以听到涧底潺潺的水声，有时像一首优雅的远古小曲，又像久别重逢的情侣在窃窃私语，是如此的柔婉、动人。可惜，这美妙的声音不常有，因为渠道时常干涸。

蝉儿到了傍晚已不再聒耳，归来的鸟儿也在枝上讴歌祝贺一天付出劳动的收获，它们成了大自然不可多得的歌唱家。

我望着远去的行云，静静地聆听这大自然的天籁之音。此时此刻，没有渔舟也唱晚。当我暮归时，乃只见：

渠上童生放学归，熏风拂柳白云飞。
东邻丝竹花园外，落落荒村已晚炊。

——2002 年 6 月 8 日

9 春寒

清晨，一阵沥沥的雨声过后，空中依然凝聚着阴气沉沉的霜寒和飞雨。我踩着一股寒流迤逦上山，不由自主地打了个寒噤，手脚尖还是冷飕飕的，严寒的气流还是浸入了肌肤。

走在空旷的高山园地里，举目一片荒凉。尽管漫山还是枯枝颓木，但依稀还有小草和花儿的笑靥，严寒的气流还是挡不住小草的萌芽和花儿的绽放，几声清脆的山雀啼叫后，反衬出这山间的幽静。想想多年来的艰难漂泊，一回到家里就惦念着村前伴我成长的这一方石盘山，曾经和我一起度过多少春秋，多少严寒酷暑。

寒潭边，透过清澈的雨水可以看清自己又多了几分的成熟，也添加了几丝鹄发。是喜？还是悲？我也说不清楚。为什么初春总是严寒的？难道山雀会知道？这里曾经是低矮瓦墙的村舍，现已高楼耸立，朱门竞艳。时代缔造了这个美丽的庄园，是一份可喜的业绩。可人生仅仅为此而活着吗？要知道，一个人要去超越自我得付出多少辛酸，承受多少人所不解的无奈与孤寂。

我渴望现在有一缕晨曦的温暖，该有多好啊！可这是幻想。在这漫天飞雨的上午是不可能见得到阳光的，还是要接受寒流侵蚀肌肤的现实。虽然如此，我也乐意接受，因为有山花对我的微笑和小草对我的欣赏。

——2010 年 2 月 15 日

10 安溪行

云翳的天空，晨雾初敛。走在和友人相约安溪访友一行的路上，今天虽然看不到朝阳，却也别有一番风景。在这气温凉爽、空气宜人的山路上，时有友人爽朗的笑声划破这一路的寂静，给小小的车厢里添加了些许愉悦。

两小时后到达安溪朋友的茶庄外边，这时天下着细雨，雨中的朋友在向我们招手，看得出欢愉的脸上跃出“有朋自远方来，不亦乐乎”的热情。进入店里，大家寒暄了一阵，不觉时近正午，我们来到附近一家濒临溪湖的酒馆用餐，这里很幽静。可能是因为雨天，餐客寥寥无几。要不是雨越下越大，我免不了要四周逛逛，领略这几乎天工雕琢的溪湖景观。

饭后回到茶庄，主人这个大行家就很专业地论起茶道。我只能旁听，还好有同来的司机相与论之，我们方不尽是行外人。喝了一阵子的茶，我也开始有“品”的感觉，也就有了色、香、韵的直觉。旁边在播放着古典音乐，品起茶来更有韵味。此时的我感觉跟着琴声来到一片满是笙箫琴韵的茶园，和行家们一起“茶园丝竹论茗香”，真是悠哉！

一天很快就要过去了，再好的心境也该收敛了。我们别过茶庄的朋友，踏上归途，任雨声淅沥，山路上人车依然潇洒风雨中。车在山路上顶着风雨行驶了一阵子，渐渐地，窗外的雨越来越小了，我拉开了车窗的玻璃，突然被眼前的景物迷住了。

透过车窗，我凝视着几乎干涸的溪涧对岸，那与天相接的半山云雾，宛如一座座世外洪涛托起连绵奇丽的仙山，是如此的壮观。

在这静谧的山路上我回味着刚才品茶的情景，朋友那一盏盏盛满热情、甘醇和淡淡幽香的茶韵，久久地萦绕在我的心田。沿途的漫天细雨，汇集着幽香的茶韵，弥漫在这蜿蜒的溪涧与高山云雾中。大自然真是巧夺天工，为历代诗人和艺术家们启蒙了不少佳作。我思索了许久，终于也作了一首五绝诗：

凝眸溪涧上，云海出天山。
村远空馀韵，行车飞雨间。

——2008 年 6 月 9 日

11 家 祭

家庭祭礼，俗称“家祭”或“文祭”，在我国民间广为流传，以至海外华裔区域。其史深远，久而不衰。

然而，今之祭祀的一些程序有的被改之不雅。曾有一家主祭者文辞枯燥而客套，类似一般都上网下载文辞，再改之不通，大都言不由衷。形式不但老土，时而惺惺作态，甚是贻笑大方。当今家庭文祭，有时是事主不懂，故不知其效。此民间祭礼曾经被人作为盈利，以钱币交易，形成商业化，真有辱斯文！虽然整体的形式程序基本存在，但大失其意。记得一次祭礼上，两主祭草草念完程序，红礼得手，便各散南北，并无送丧者一段出路，此乃有失文雅礼节。如此现实低素养现象的“文人”，使我想起鲁迅笔下的孔乙己这号人物形象，只为那点红包礼钱，即使身着衣冠奢华，仍然表现出一副潦倒的穷酸相。

家祭原为古代儒人为故去的师长、亲人或文友缅怀追叙生平之坎坷与德业，形式坦诚、堂皇典雅，方成为一种高雅的白事礼仪文化，源源流传于民间。可惜，现在几乎成为商业运作的一种盈利手段，大失儒雅之风。

过去办家祭的条件为丧者本人或家有后辈的文客，指能诗赋文者，方称为文人。因后世书者少臻此学术境界，故“文人”一词被后人多以泛称。

再是对人类社会的文化事业、文学艺术有所贡献者，也可举办此祭礼。当以一声望高的文人名义为其祭奠，如毛泽东、朱德祭奠黄帝陵，韩愈祭其侄十二郎，袁枚祭其妹素文等，都要有一定的身份和涵养。

曾有位学术界人士说："办家祭这种仪式若向事主定价要钱真是过分。"望诸君来日能为此祭礼返璞归真，重树文人形象之高雅风范。

——2007 年 8 月 4 日

12 答陈东曙老先生书

——读《代拟抗日胜利及台湾光复纪念文》

拜阅先生力作，为护我神州古国文明，少以从军，抵御外侵，操以干戈而戎马沙场，承前启后。我虽未睹彼战事搏杀，然史料中感受到彼时中华儿女之呐喊与奋起，多少仁德士者，文弱书生掷笔从戎，负匹夫之责，卫家国使命；无畏牺牲，为民族利益献身之崇高精神！

与君共睹，我大江滚滚巨浪，长城万里巍峨。遥想甲午之后，台湾沦陷，日本霸我领土，虐我同胞。我华夏民族五十春秋之同仇敌忾，终湔耻辱。

阅先生回忆“芷江决战”一文提至，彼时“一寸河山一寸血”与侵略者彻底决战，何等壮哉！我华夏民族千秋子孙焉以忘却其幕幕血肉与心灵之辱，今载入青史，何以涂抹挥之。

你我虽处海峡两岸，然世为国土之台湾，始郑公收复至蒋公徙居，其史根蒂之深。今先生说“台独”分子猖獗，岂能动摇得了一个中国？先生之民族气节，以一个中国为核心原则敢于言论，乃不负当年抗战中枪林弹雨，付血之代价，此为我辈所钦！看今日众志成城，我五千年文明古国之华夏民族将长治久安，不受外辱。

抵今，先生年已耄耋，远离乡井，久居台湾。生，不便于谒之，顺祝康安！

——2009 年 6 月 16 日

13 黑夜之旅

夜，很黑。独自走在路上，不知自己身在何处。眼前四野一片茫茫，没有路标，也没有同行者，更不敢停留，只好凭借一丝微弱的亮光摸黑前行。

凛冽的寒风呼啸着，可能是身上的衣着太少，不足以御寒，感觉有点冷，想找个地方坐下烧堆柴火暖暖身子，可身上又没有火种。顿时觉得自己很孤单很寂寞。耳边不时有令人恐惧的狼嚎声，偶尔有灯火辉煌的车马经过，我会赶紧上前问路，可没有人会搭理。

“呜呜呜。”突然，远处又传来几声夜狼的嚎叫，听起来非常的恐怖。

一阵暴雨来临，全身感觉更加的冰冷，电光照亮了这里的黑夜，雷鸣敲打着这里的荒凉，又平添了我心中的几分恐惧。趁着上天一道道短暂的亮光，清楚地看到周遭一张张山野豺狼的面孔。于是，一路上我小心翼翼地躲着，生怕自己成为它们的口中餐。但我始终没有放弃寻找天地间的亮光，任凭风吹雨打，一路上默默而艰难地摸索着前行。

终于，我忍不住哭出了声音，然而又不得不赶紧止住，害怕被附近的豺狼听见，随时都会招来被肉食的不幸。泪水模糊了我的双眼，怎么也没有想到这一路上会是如此的孤寂和恐惧。走了很久、很久，没有计算身后远去了多少路程，可眼前仍然是一片黝黑。

这时候，前方提着灯笼走来几位风度翩翩的长者。莫非他们是来自上天的仙人？看他们都有着常人没有的和善和飘逸的气度。

“年轻人，迷路了吗？”

“是的。请问前辈，前面还要走多少路程才能看到亮光？”我急不可待地问。

“勇敢的年轻人，你看，东向的天边不是亮着一颗星吗？那是启明星。”

“你只要顺着那方向走去，将会看到一片光明，一片明净的海阔天空。”另一位长者指着天边笑着对我说。

送走了长者，我才恍然大悟，是啊！那东边不是有一颗闪亮的星儿吗？我再次向着长者远去的方向深鞠一躬，以表谢意！

此时的风，依然吹着；雨，依然打着。可我不在乎，毅然迈开步伐继续前行，此时的脑海中浮现出一片雄鹰翱翔、明净的海阔天空。

——2009 年 2 月 2 日

14 山 菊

仲冬的一天下午，我蹀躞在村前南山下，顺着思绪不觉登上半山。偶尔间，周边娇艳的山菊花映入眼眸。顺手拈来一簇嗅着，那淡淡的余香把我带到童年那无忧虑的时空里，岁月撬开了我童年尘封的那一段日子。

“嘻嘻嘻。”记得孩时与村里的同伴在这林间穿梭游戏，那细小的嗓音霎时回荡在眼前的半山中。

顺着记忆的足迹往上走，山菊花越来越繁密，除了少许的笑靥，大都敛起欢愉的面孔。也许，它们知道春天即将来临，这满山空旷的舞台也该让给其他山花，展示它们不同的美。

我踩着余下的秋色[1]一步步地向上走着，这一丛丛山菊还是童年的山菊。曾经印在这山径小巧的脚丫，一个个清晰地浮现在我的脑海中，历历在目。倏然，“霍”的一声，旁边不远的地方飞起一只鸠鸟，使我返回那童年的时空隧道。

如今，山菊依然，人事已迁。任丛生的杂草枯藤纵横，隐隐约约地覆盖在这羊肠山径。硬币般大小的花儿从未停止过传递内心的淡香。等到来年秋寒时，它又将展示着奕奕的风姿；站在这漫山美的舞台上，又会是——山

① 注：秋天留给寒冬的颜色。

菊。因为它自信、执著，不卑不亢地散发着来自生命香醇的气息。

是啊！山菊的舞台就是人生的舞台。

——2009 年 1 月 12 日

15 尺素致乡贤

族叔修明老先生雅鉴：

承蒙先生历来错褒，此表谢意！

回首沿途坑洼崎岖，步履维艰，感叹不已；然展望前路，虽有在望，却也茫然，宛若置之云海，阴晴无常，何奈乎？

曾得蒙先生谣、谚、韵学几许，浅悟其律，乃之有幸！为时我日已中天，而功事未遂，斜光逐近，岂敢弛哉。

因常年羁旅游踪，虽咫尺家乡，时远之云崖。且外泊春秋，归期无定。常屈指归日，故昔自《水调歌头·乡情》词曰："那远处行云；纵是归期有，明日又相分。"借以抒光阴之短暂，出入之匆促。

然睿识浅陋，若劳工苦作，思来非久经之计，故而立年取学，是以今旦之铭心。然古人十年窗前，苦其心志，我亦尝之，叹今人少媲之古有，且多于蔑视，故知音者少。

我曾若游鱼追旧渊，念先生向来相怜，故前作一绝句以怀之：

幽岛时楼欲上穹，街灯寂落水朦胧。

几多丝竹古今话，细雨环城闻夜虫。

夜，每闻声以夏野，若当年共处和以南音，宛如剪烛，故为先生乃忘年知音！我时下当争以分秒，尽人子为之，为他日树标其后。今暑期在即，还日当登槛以谒先生！

谨祝：康安！

——2010 年 6 月 24 日

16 墙脚草

小时候常牵着羊儿到荒野放牧，经过几所残破不堪且长满野草的屋子，偷懒时就把羊儿赶进这些破屋里去吃草，然后玩自己的去了。

大约两天的时间，羊儿就把这里原本长得高高的草儿吃得个干净利落。后来不经意发现，在几处墙脚下，被羊儿吃过的几株小草，不久又会长出嫩绿的幼芽。令我难以知晓的是，在这地处阴暗，阳光常年光顾不到，又淋不到雨的角隅，它们如何还能生长着。

直到不久前听到邻村的一位民间哲人说“壁脚草专吃坦横雨”①，才使我恍然大悟。这几株墙脚草平时得不到日月光华和甘霖雨露的滋润，只有在恶劣的狂风暴雨天气下才能品尝到横向吹打过来的逆雨。虽然不过是一株小小草，它那种不放弃生命的生长精神，要是没有十足的勇气和承受力是难以做到的。而生命就在这顽强的抗争中放射出光芒。

在闽南沿海每年都会刮几场台风和下几阵暴雨，此时这一方的人们都会关门闭户在家躲着，以免遭受暴风骤雨的袭击。然而这一场场的暴风骤雨却让这几株墙脚下的小小草得到成长，也只有它们才有勇气去面对这暴风骤雨，去享受这恶劣环境对自己艰难成长的历练。

每当刮起狂风或下起暴雨，放眼野外，长得稍高一点的草儿一片披

① 壁脚草：方言，指长在墙脚下的草；坦横雨：方言，指横向吹来的雨。

靡，而这几株墙脚下的小草却依然矗立着迎风摆动，它们仅依靠这一场又一场暴雨的滋生。它们为了生存下来就必须与恶劣的环境作抗争，这样的意志力不是原野的芳草所具有的。它们承受着风雨的猛烈冲撞，其中的艰难曲折和处在阴暗里的委屈不是任何同类所能够理解的。

它们所享受的日月光华比原野的芳草少之又少，然而它们却活得比原野的芳草更有声有色，更理直气壮。可惜，天地间存在的这种顽强不屈的卑微生命却少有人会去关注。

嫩绿的芳草虽然惹人喜爱，但总是经不起吹打，而墙脚下的这几株小小草却偏在暴风骤雨中生存与成长。

——2013 年 7 月 17 日

第二部

诗歌

1 现代诗

回 首

频频回首，
清清月色微凉。

曾经梦里的衣裳，
在波动的流光下徜徉。
像那水中的浪花儿，
拉得很长。

总是抚摸着这纯素的衣裳，
和那远去的背影贴在脸上。

而我夜夜盼望着，
盼望在回去的路上。
又唯恐，
唯恐这良夜的——冻僵。

——2009 年 9 月 10 日

相　片

这一张小小的相片。
穿越过起伏的山峦，
在这夜阑人静时，
我瞩目着夜空的灿烂。
那微笑的星儿，
仿佛在欣赏，
欣赏我痴痴的梦幻。

这一张小小的相片。
独自走在夜里的林荫，
心灵深处，
无言地承受着磨难。
月缺月有圆，
总是等待着真与切，
流露出纯朴的美与善。

这一张小小的相片。
诉说着许久的真诚，
一颗执著的心，
依然充满着无限的期盼。
趁今夜星儿依旧，
我脉脉[1]地珍藏着——
这一张小小的相片。

——2010 年 3 月 13 日

① 略词。原句：脉脉含情。

故乡的山

故乡的山，
是一座憔悴的山。
在冬日的黄昏里，
花儿失去了往日的欢颜。
山雀在枝上不断地寻觅着，
石罅里听不到流水潺潺。

故乡的山，
是一座翠绿的山。
当春日的晨风到来，
花儿告别了严寒。
山雀那清脆的歌声唱响了山谷，
石罅里的流水依然如此缠绵。

——2008年2月13日

赠少年歌[1]

踩着时代的韵律，
不要为昨日彷徨。
挥洒你辛勤的汗水，
去欢唱心中的乐章。
多少年的希望，
只为了——
编织那彩虹般的神奇光芒！

踩着希望的步伐，
去打开你美丽的天窗。
让理想化作云彩，
从容地飘向远方。
多少年的希望，
只为了——
去寻找明天的辉煌！

——2009年12月15日

① 写给我的初三毕业班。

2 古体诗与近体诗

河 芳

青青河芳，采芦为簧。
歌之和之，蜜如水�。

青青河芳，摘之馀香。
携子步之，如是茫茫。

青青河芳，余独徜徉。
如期徙之，莫是彷徨？

青青河芳，乐之昏黄。
堤上暮矣，去水泱泱。

——癸巳年岁末

劝取歌

旭日凌江渚，大江初涨潮。
清风相伴去，踏浪上青霄。
青春作所为，花艳花有凋。
悬崖一株草，狂风吹不倒。
钟鼓日钦钦，岁痕更朱貌。
瞬时斜阳下，莫待木萧萧。

——戊子年季春

考察厦门破狱斗争旧址

铁罩囚房冷锁，青砖白石幽廊。
几何战地豪士，换取人间霁光。

——癸巳年孟夏

客姑妈家看海

遥天一鹤故人西，野木逾阑下石梯。
潮汐苍茫观海色，涛声不再少年堤。

——壬辰年孟春

灯节南音游园达旦

寒鸦草色弄妖红，落日园夫点烛笼。
丝柳湖光磨玉镜，亭台古韵和春风。
一筵好月邀红酒，五女①轻舟荡碧穹。
不觉天开飞白鹭，游人初尽紫云东。

——壬辰年元夜

送郑伯金木②老先生西辞

重履鹰山物少如，小村出道野荒舒。
春风锦罩③蓬莱客，古意行云历历初。

——壬辰年仲春

题赠金莲陞曲管

画屏绝代唱朱台，演绎姣人点斗魁。
一曲相知阑外客，高风碧落弄三梅。

——壬辰年孟夏

① 指五位年轻女艺人。
② 别名："球仔"。
③ 用七色纸糊成棺木形的民俗工艺，罩在灵柩上出殡。

香　会

弹曲才人着服唐，小姑递水嵌帏房。
日中演武桥分道，暗玉琴台送紫香。

——壬辰年仲秋

大阅兵

共和华诞阅英风，战备兴邦建大同。
铁骨京师神武阵，精魂一代慑苍穹。

——壬辰年国庆

除　夜

火锅归客前，红酒举团圆。
寒意生春晓，竹声又一年。

——壬辰年季冬

怀少年五月天

赤日飞蝉唱野枝，晒坪麻雀乐开眉。
顽童不约清渠闹，正是农人赶豆时。

——辛卯年孟春

筑楼示裔

先德遗光入世馨，清标不意木花零。
来年映发云山处，更上琼台拾甓瓴。

——辛卯年孟秋

访林炳坤教师遇奏南音

清阁掩扉隐俗尘，井台玉树管弦新。
临前小扣深埕院，花鹊寒枝报晓春。

——庚寅年孟春

春夜赠别

弦友去南北，石桥空入池。
清风怀古曲，明月照相知。

——庚寅年仲春

民校与方兴安教师同行招生

冷街石道踏清晨，市井恭维问路人。
昨夜东家娱酒色，学年高费苦平民。

——庚寅年孟秋

重九忆村弦友校舍独对三角梅

书案临窗冷月天，乡山远去路生烟。
遥思重寄登高夜，举酒摇花听管弦。

——庚寅年季秋

赋寄秋声

一层秋雨一层凉，半夜书斋半夜霜。
骚客欲回前本事，寒蛩代唱旧时章。
素宣画笔伊人去，尺八冷弦馀墨香。
窗外锦书鸿鹄远，烟溪陌上菊花昌。

——庚寅年孟冬

雏　鹰[①]

危崖听外蝉，秋水目生怜。
来日丰毛羽，长河问广天。

——己丑年仲夏

① 赠我毕业班聚会学生。

无 题

楼外萧萧拟古音，湘君冷落独弦琴。
檐前玉马西风里，依旧清灯夜雨心。

——已丑年孟秋

问 卜

一别二三月，宛如四五年。
求神六七庙，八九十支签。

——已丑年季秋

山 亭

信步登云径，拾花三二童。
欲吟无雅句，阑外问西风。

——已丑年季秋

续 弦

荒原柳外白沙洲，红袖花枝晚照留。
莫怨瑶琴丝接断，蓝桥归雁满江秋。

——戊子年季秋

元夜游村

爆竹银花霜打天，春宵酌酒庆丰年。
几家灯火玻璃外，村妇听香出庙前。

——戊子年元宵

乡村访友遇教

古树闻昏鸟，潭烟隐岸苇。
学童游画笔，踏暮出柴扉。

——戊子年仲春

临海公园教吴贞女吹箫

霓虹初上石阑横，画舫悠悠白浪生。
望远玉人犹坐岸，江风暮雨和箫声。

——戊子年仲夏

村庙进香田都元帅故居

艺事生涯世济萌，琵琶箫鼓舞华清。
风烟席卷天都乂，流水行云溯古声。

——戊子年仲秋

重九题别

断渠临岸野秋花，边角鸪飞一字斜。
别是庄园温水井，来年今日煮清茶。
好音隐隐知何处，远客迟迟踏月华。
泥道连山天际去，北风久扣古人家。

——戊子年仲秋

茶庄别溪女作赠

云山茶韵醉三春，仙境人间幻亦真。
归路迟迟吟暮色，南来丝雨似佳人。

——庚寅年仲秋

南普陀寺访济群法师

友约山中客，逢君种玉兰。
不知花绽否，去日值春寒。

——丁亥年孟春

集古一绝

冷月孤灯鸡破晓，运程逐梦出南枝。
窗前十载无人问，一举成名天下知。

——丁亥年孟春

无　题

雨过石潭闻旧蛙，空林缺月倚人家。
还乡偶得春消息，邻友楼台唤沏茶。

——丁亥年暮春

南管合奏

横坐琵琶韵独闲，紫箫深处百花渊。
空山玉笛醉仙客，嗳仔[1]枝头应暮蝉。

——丁亥年仲春

① 即南音唢呐。

画 竹

茶墨流香韵，灵犀跃玉笺。
夕阳窥画阁，铁骨屹君前。

——丁亥年季冬

题音乐岛桥[1]

圯上晚风传玉音，歌人值处把清琴。
招来碧落广寒客，斗酒为君劝一斟。

——丁亥年仲春

流 年

丝雨当年媲国花，西风着意减芳华。
妖娆最爱青阳里，何奈严霜袭甲芽。

——丁亥年季秋

① 刊于《厦门名胜诗词选》，第1版，海峡文艺出版社，2007年。

又见柳色

古厝门前春水流，嫩芽朱雀上枝头。
取箫低唱行廊处，山麓青烟满北楼。

——丙戌年仲春

草

独寄天涯寒雨欺，折腰乏力玉珠垂。
莫言渺小无人惜，自有东风绿我时。

——丙戌年季夏

过石磐山[①]扫墓怀少年山中采石

果香锄上肩，香径溯流年。
山麓村娃戏，清渠林外延。
此中多石窟，时事别重天。
青涧冥钱舞，乱花听竹烟。

——丙戌年清明

① 位于泉州百崎民族乡鹰山北麓。

南　音

秋水幽风明月心，久违台榭答箫琴。
远嚣村落依云栈，演绎时人唱古音。

——丙戌年端午

乡村展业

陌访邻乡仪表端，东家冷逐铁门拦。
蹒跚炎日逢梅雨，凉透沿途衣著干。

——丙戌年孟春

不　遇

访友文心阁，亭台碧落悠。
书更流水韵，独坐小园秋。

——丙戌年孟秋

无　题

今夕逢秋节，家家博状元。
他乡望明月，相对两无言。

——丙戌年仲秋

访友沏茶

梅倚凉亭下，小桥共我邻。
晚来风带馥，一品洗征尘。

——丙戌年仲春

咏　菊

空山晨月落，村社客清箫。
百艳随春去，秋深万里娇。

——丙戌年季秋

因见梅花

昨夜初时雨，晓来雀唤晴。
推窗看日出，清院舞繁英。

——丙戌年孟春

读戒贤《歇庵诗草·感怀》和韵

几多寒暑寄天涯，天地逍遥慕释迦。
世外浮云名利却，只缘钟鼓卧烟霞。

——丙戌年重九

约王贵溪之鲤城

古城双塔紫云天，僧客精诚桑绽莲。
湖上断桥烟柳外，闽台挥墨九龙缘。

——丙戌年仲秋

赠 别

落车云顶木萧森，我欲登高放纵吟。
满目江湾生碧浪，元和夜烛惜光阴。
长歌孤客天涯路，谁解此中寸草心？
诗画文章千古意，相知鹭岛一青襟。

——丙戌年仲秋

望 江

展城[1]栏外漫烟波，初照楼前彩蝶多。
车马长街花得意，酒家丝竹浪声和。

——乙酉年季秋

① 指厦门展览城。

瞻郑成功石像

南国江风烈，丈夫怀气节。
横流逐外夷，铁剑填山缺。

——乙酉年孟冬

梦游山寺

凌踏高风掠大川，惟君洒脱作天仙。
云阶迤逦凌霄汉，一觉人间数百年。

——乙酉年仲冬

寄怀族叔修明先生

鹭岛时楼欲上穹，街灯寂寂水朦胧。
几多丝竹古今话，细雨环城闻夜虫。

——乙酉年孟秋

不夜城南音演出

独味佳肴铁板煎，茗香古意韵含烟。
春风不醉千家酒，夜夜歌郎唱管弦。

——乙酉年孟秋

晨登山寺

晓风初照破重烟，二月人间独可怜。
九曲玉阶斜大殿，悠悠钟鼓绕云天。

——乙酉年仲春

题海峡南音节(二首)

(一)

幽风月色唱乡音，粉黛珊珊半抱琴。
酒影嫦娥邀起舞，流光秋夜伴江吟。

(二)

月上江波闻古风，天衢云路点霓虹。
千年舞榭扬文化，相映艺花两岸红。

——乙酉年仲秋

送弦友之海外

春来归客驭长风，久盼乡音鹭岛逢。
丝竹泠泠犹未尽，平明银燕送游踪。

——乙酉年季春

上元鲤城赏灯

文庙管弦上月空，歌台处处照灯笼。
清源双塔迎新岁，后渚百崎架玉虹。
爆竹烟花呈异彩，广寒佳丽出华宫。
青阳得意今朝返，归客夜箫桃李中。

——乙酉年元夜

屈　原

汨罗江水去悠悠，天问离骚青史留。
烽火郢都千古恨，丹心热血与春秋。

——乙酉年端午

外归访宗伯廷宝老先生

石楼扉半掩，携笛上庭台。
古井惊花鹊，主人知客来。

——甲申年中秋

鼓浪屿菽庄诗会

月白风清遍地银，路鸿稍讯夜归人。
幸逢雅士迎秋节，欢度良宵聚海滨。
园里传来歌一曲，平生得意酒千巡。
琼楼玉宇阑干斗，相距遥遥亦近邻。

——癸未年仲秋

上元节

春归南国水仙香，良夜烟花别样忙。
新月元灯街舞过，清歌觅处管弦郎。

——甲申年孟春

桃　林

烟雨久方住，万珠盘玉树。
新红向晚娇，来者忘归路。

——甲申年孟春

鹭台诗会送友人之台湾

寒江白鹭掠波光，咫尺将军独暗伤。
汽笛一声弘舸远，诸君影尽海茫茫。

——甲申年仲秋

故居忆外婆

高杨茉莉[1]残垣外，归燕青芜又一春。
花客别时除旧岁，祈今空伫植杨人。

——癸未年孟春

嘉坑村晚

东厝古甍点点鸦，庭前清客唱琵琶。
吹烟渠岸耕夫返，闲步村头望落花。

——癸未年季秋

---

① 茉莉花是外婆留下的，杨树是我儿时挖来种植在旁边的。

春 吟

最爱东风草木新，平湖客舍两相邻。
闻君吟奏梅花曲[①]，坐柳邀觞醉玉醇。

——癸未年仲春

登 楼

百崎楼上望江天，点点云帆出水烟。
十里云桥飞后渚，晚风玉马叫檐前。

——癸未年仲春

和唱南音

歌坛新秀艺惊群，一曲清音送彩云。
藤外篱笆依晚照，小园秋叶落纷纷。

——癸未年季秋

① 南音四大名谱之一，即《梅花操》。

访王仁杰不遇

鲤城文庙访王师，石拱桥阑碧玉池。
贤达两厢生栩栩，留携剧作夕阳归。

——癸未年季冬

赠秦霞

秋水幽风展笑颜，林莺细语啭枝间。
馀红农女临溪浣，恰似芙蓉出水娴。

——癸未年仲秋

文化宫夜送日本爱知大学师生访厦门戏曲归途

向来丝竹曲悠扬，共溯源流赋雅章。
斜月西风东客①远，凭阑极目路昏黄。

——癸未年季秋

① 指日本师生。

偶　见

迢迢孤月北风吹，数尽三秋客未归。
窗外梧桐残叶落，寒星无语雁南飞。

——癸未年季秋

还　乡

渠上童生放学归，熏风拂柳白云飞。
东邻丝竹花园外[①]，落落荒村已晚炊。

——壬午年季春

西楼吟

古檐新燕语情私，遥望空山岭路非。
夜宿清箫愁几许？窗棂月影两依依。

——壬午年季秋

① 原《花园外边》，南音曲名。

赠弦友还乡

把酒西楼夕照时，梧桐叶落晚秋池。
临山小径无人迹，一曲阳关惜别离。

——壬午年季秋

净心寺归途

鹰山百尺倚嘉坑，广陌悠悠独我行。
临并嵊吟和暮鼓，回眸圣地玉纱萦。

——壬午年季秋

七夕桥下

坐望天河共海邻，涛声来去女儿真。
不需花鹊红娘合，还见今宵幸福人。

——癸巳年季夏

3 词曲赋

渔家傲

圯上咏歌花满地，箫琴和唱黄昏会。今日长圯成旧事，曾几次，凭君共酌南音戏。　　莫故芳菲深锁闭，祗今笑我多情寄。不解琴弦箫独自，无着意，思来欲改题桥记。

——戊子年季秋

木兰花·登山

登高鸟瞰千峰断，纵目云霄梯不见。无言山外尽幽苍，凭借金樽同玉管。　　天低我欲乘飞雁，惜得韶光时过半。重衣岭路斗春寒，岂是无心凌碧汉。

——丙戌年孟春

乌夜啼

林间月照溪流，已清秋。向晚亭台丝竹意悠悠。　　梅花操，长桥上，百年丘。几许箫弦无奈对沙鸥。

——已丑年孟春

清平乐

对菱花近，添了霜毛鬓。记得回车穿夕隐，共作灯前学问。

夜来莺叫湖滨，卷帘冷月残云。清管向来吟过，落英窗外纷纷。

——戊子年季冬

卜算子·夜来香

校舍立栏墙，着意高风饮。飞落窗棂问月牙，清瘦谁家品？

吟罢玉琵琶，万籁千红枕。时值天寒夜半幽，不觉香来沁。

——戊子年仲秋

桃源忆故人

黄昏桥上双飞鹭，小径柳丝晨雾。自古情关难度，携手巫山赴。　　迟来溪畔花前语，莫笑依依相处。只想缠绵朝暮，唤那春留住。

——戊子年季春

鹊桥仙·中秋与王贵溪对饮

玉箫声落，看芸窗外，龙眼西风里舞。无边月色正秋凉，出深院，时逢夜午。　　秋声成韵，寒山古厝，几许韶华可数，村郊饮露垦荒鸡，种天地、琼花桂树。

——己丑年孟春

沁园春·鹰山

浩浩江波，白鹭穿空，画阁倚天。看嫣红似浪，百崎风韵；长圯独傲，碧落晴川。世纪从来，一方气象，唯有登高得阔天。问前路，笑苍茫几许，正当少年。　　踏春色出佳人，接初日，豪情大纵观。值英华蓬勃，兰舟银燕；往来一宿，良港幽湾。时代风人，殚精铸就，如是丹青好景园。还乡日，览人间仙境，重上鹰山。

——丁亥年仲春

清平乐·寄“嫦娥一号”登月

举杯放任，佳酿无须禁。我约吴刚相对饮，请出桂花一品。

言辞乐了吴刚，今宵客宴沉缸。醉卧天台玉宇，嫦娥伴与归航。

——丁亥年孟冬

忆王孙·古榕

餐风饮露傲秋寒，终日无言天地间。暮笛昏鸦我独怜。意绵绵，醉卧千年何等闲。

——丙戌年季秋

蝶恋花

久别家园千百里，村郭鹰山，常梦回乡水。大道阳关依旧是，如今不就归何奈？　　起榻开灯无睏意。夜雨窗前，烟锁华都市。来去征鸿多少次，梅红一度添新岁。

——丙戌年季秋

摊破浣溪沙·问寒鸦

亲故清言白目斜，尘封墙上冷琵琶。忽觉沈腰疏夹带，对菱花。　　曾约东风和一曲，长江岂愿送秋霞。落木满天何去向？问寒鸦。

——乙酉年季秋

念奴娇·寄怀外公

残墙杂草，晚风里，但见流云新月。茉莉青杨今不在，直把时空穿越。旧事陈年，百般感慨，每渡逢清节[1]。眼前浮现，尊容如此亲切。　　我知世路惟艰，人情冷暖，心意无从说。诉与春山暮色，此刻万千情结。淡笑人生，张张面孔，我有清高风骨。宛然知晓，宛然知晓情物。

——乙酉年仲秋

临江仙·箫吟

故里楼台看落日，但闻高唱黄鸡。路亭记得别依依。送芳踪尽处，寂寞满荷池。　　杜宇声声清冷夜，共君私语何时？南柯几度会佳期。梦回深井月，一曲满空飞。

——乙酉年季春

① 即清明节。

长相思·缘

遇才人，惜才人，端午诗坛偶识君。玉书字字真。　　已黄昏，送黄昏，明月高楼意十分。莫然岁送春。

——乙酉年仲春

忆江南·箫和《出庭前》

庾楼月，曾记楚台风。几度落花君未返，征鸿铁马意重重。玉幔枕春冬。

——乙酉年季秋

忆江南·箫和《纱窗外》

陈郎去，楼外已清秋。岭路斜欹空对月，更深玉漏鼓悠悠。江上冷孤舟。

——乙酉年季秋

忆江南·箫和《鱼沉雁杳》

寒潭外，任玉树争春。书尺无音清屋静，篱笆举目盼王孙？西岭又黄昏。

——乙酉年季秋

忆江南·箫和《绣成孤鸾》[1]

高楼上，走线绣丹青。紫竹一丛招玉凤，琼台落落为春耕。前世约姻盟。

——乙酉年季秋

水调歌头·乡情

秋节月明夜，返景鹭江滨。故乡不见、犹自遥望伫霜晨。两地幽情以对，奈是他乡之客，那远处行云。纵是归期有，明日又相分。　　涛声处，沙滩上，鹭鸥邻。轻舟渔火无语、只见水粼粼。我已扬帆去了，无畏长途跋涉，万里忆乡人。采寄东风去，三角一枝春。

——乙酉年仲秋

西江月·闹春

枝上传来雀语，田间隐去蛙声。临溪桃李笑东风，碧水行云相映。　　昔日凤台人雅，今宵丝竹韵清。喜迎良夜上元灯，天上人间同庆。

——癸未年孟春

① 注：以上《出庭前》《纱窗外》《鱼沉雁杳》《绣成孤鸾》为南音曲名。

浪淘沙·白鹿洞寺诗吟会[①]

看白鹿含烟，静卧春山。绿荫流水换新颜。花落花开知几许？一宿千年。　　徒步倚栏杆，仰啸长天。乘风有日作狂澜。低处今朝无笑我，给我时间。

——丁亥年仲春

凤凰台上忆吹箫·鲤城

楼宇层层，豪车叠叠，月台极目千峰。望清源山上，直入苍穹。光景无边秀丽，弦管韵、伴与昏风。凌霄汉、久经不息，醉落征鸿。　　梧桐，频频起舞，绕双塔吟风，独傲严冬。看古城新貌，灯火摇红。胜似天宫玉境，凭借酒、遥向长空。来时路、斑斓五彩，尽是霓虹。

——癸未年仲秋

忆秦娥·故居夜读

红砖屋，庭前石磨风中竹。风中竹，山村古道，落红千簇。　　儿时风雨惟间宿，曾经煤火窗前读。窗前读，长暝独对，霜风寒菊。

——癸未年季秋

① 刊于《厦门名胜诗词选》，第1版，海峡文艺出版社，2007年，原题为《二月二十九日赴白鹿洞寺诗吟会》。

虞美人

西风满月阑珊斗，往事空回首。向来酌酒忆湘君，记得当时别去泪纷纷。　几曾识得应无奈，独处聆天籁。寄凭青鸟把书修，来日与君莲下泛扁舟。

——癸未年仲冬

一剪梅·怀古

西望金乌颜色衰。流水潺潺，万缕情怀。落花深院又西风，菊影跫音，返入书斋。　午夜梦回出露台。拂动珠帘，月色徘徊。几声清管意绵绵，风摆门环，疑是君来。

——癸未年仲冬

浣溪沙·怀故人

山雨如纱田野虹，小村光景不寻同。秋山咫尺夜朦胧。
望远千峰吹玉笛，送君一曲纪相逢①。关山重叠寄飞鸿。

——壬午年仲秋

① 南音曲牌名。

阳春曲（散曲）

东风唤醒湖边柳，咫尺渔人独泛舟。落阳山下放归牛。临岸有，箫客卧烟楼。

——癸未年孟春

答渔者赋

酷爱望江，今至鹭江渚。遇钓者对之，故作一赋。曰：

独以登台，浩浩江流逝于天际，悠悠！斜阳下，临江前，伫以归帆，惟冉冉纸鸢；归人无有，而江水依旧。

看鸥鹭舞以江天，逐碧波而翩跹。驰斜晖靓车以渐渐，观广陌修远而漫漫。曾少游赋花烛于姝丽，宗悫回叔志于长风。几多寒暑，吾以借地膝而度之，三两江人，待钩笑曰以江岸。有渔者曰：

“吾以饵得鱼，夫何以得之？”

“俗矣。”

“今可得鱼者乎？”

云浪归涛，千红楚楚。客至南北，皆以碌碌。然吾托东风以传语，乘明月而归去。

时憩百工，寺庙钟鼓；皆付诸昏风，近了远山日暮。出了钓者闲处，惟角梅望江以招摇如故。

——戊子年仲秋

第三部

戏剧

1 鹭江魂[①]

梗 概

1949年8月，毛森任厦门警备司令，对中共厦门地下党员进行大搜捕、大屠杀。是年5月份刚入党的年轻护士刘惜芬为了完成党交给她的任务，深入虎穴联系一个国民党军官——被我地下党争取过来的进步青年杨越，以窃取厦门岛国民党的军事部署图。因叛徒出卖，刘惜芬被捕后继续在狱中斗争。

毛森为缉捕党的地下联络员郭秀治，对她施尽酷刑。然而，忍辱负重的刘惜芬并未出卖战友。是年10月17日，厦门解放前夕，被逃亡的国民党绞死在鸿山脚下，卒年25岁。

剧情布局

该剧塑造的主要人物为“巾帼”与“英雄”，是现代战争的佳人才子戏。故事以一明两暗三条线索贯穿全剧：一是以一张厦门岛的国民党军事部署图为明线，表现主人公刘惜芬为解放厦门勇于斗争的大无畏献身

① 诗歌剧。

气节；再是以刘惜芬的一字匾“重建山河”为暗线，暗示新中国成立后，中华民族即将投入复兴建设；剧中又以刘惜芬生前日记中的一句“记着吧，不要忘了青年的使命！”的民族使命为另一条暗线。在她遇难前，理想中出现横跨海峡两岸的少年相聚“桥上”，以推进两岸新一代和平统一的发展意识。

剧中人物两大心理矛盾是刘惜芬在敌人面前“说”与“不说”；再是郭秀治“救”与“不救”的抉择与道德良知，表现出革命烈士与英雄内心的情感矛盾。

剧中三次出现“记着吧，不要忘了青年的使命！”强调了民族使命感的意义，作为该剧余韵。主人公的人物性格以“柔情”反衬“傲骨”为特征。

人 物

刘惜芬、刘惜贤、大妈(惜芬养母)、刘母、郭秀治、李美美、徐淑智、陈彩云、吴静邦、老狱卒、解放军首长(将士若干)、两农工、两病友;魏光清、毛森、杨越、李振声、国民党官兵、四特务、两乐师、歌女、舞女(若干)。

道 具

船桨、屏风、医药针具、枪械、土地公神像、香炉、金纸、桌椅、行李箱、国共党旗、镣铐、菜篮、扫帚、畚斗、地图、绳子、鞭、铁铲、绞刑器具、“重建山河”字匾。

主人公简介(幻灯)

刘惜芬,1924 年出生于厦门。1940 年,16 岁的刘惜芬为了谋生,考进了当时被称为“慈善机关”的厦门博爱医院当护士。

1945 年抗战胜利后,刘惜芬回到家里,用自己学到的医疗护理知识为人治病。这一时期,她与党的地下组织建立了联系,主动要求入党。

1949 年 5 月,在厦门敌我斗争尖锐的时候,她加入中国共产党,把火红的青春献给了中国人民伟大的解放事业。

幕　　序

第一幕　荣膺受命

第二幕　智获军机

第三幕　泄密被捕

第四幕　狱中斗争

第五幕　智解神机

第六幕　夜战南山

第七幕　热血秋风

第八幕　魂归鹭江

序

【幕启：刘惜芬家，陋屋，一床一桌一椅。刘母躺床上，旁置鸦片膏，神情呆滞；童年的刘惜芬在和姐刘惜贤玩耍。

刘 母 （自语）阿芬啊，你不应该生在这个时代，阿母是万般的艰难歹命；你更不应该来到这个家庭，阿母受不了这些人的摧残，这个家只有你大妈才把咱母女当人看，以前阿母是放不下你——（叫）阿芬啊！阿母有话和你说。

刘惜芬 （近）阿母，你叫我啥事啊？

刘 母 阿母若不在你身边的时候，你自己要乖，要懂事，要不别人会欺负你——

刘惜芬 我会听阿母的话——

刘 母 我儿记住，无论遇到什么艰苦困难的事情，你都要勇敢、坚强地去面对，不在阿母身边的时候，你要听你大妈的话，她会疼你。（稍后）阿贤——

刘惜贤 姨妈，你叫我？

刘 母 妹妹比你小，她若不懂事，你要让她一点好不？

刘惜贤 嗯，我会，妹妹很乖的，她和我玩得很好。

刘惜芬 阿姐，来和我玩。

【刘母吞下鸦片膏，顿时不省人事。

刘惜贤 （片刻）姨妈，你怎么不说话呢？你醒醒，快来人啊，姨妈不会说话了。妹妹，你等一下，我去叫人，将阿妈找来。（跑下）

刘惜芬 阿母，你怎样啦？你说话啊，阿芬会乖、会听你的话，阿母，你说话啊——（哭）

【甲乙两农工拿草席、麻绳、扁担上。

农工甲 喂，兄弟啊，头家叫咱将她抬出去随便埋了。

农工乙 叫咱做啥，咱就做啥，讲好的钱照给咱就好了。

农工甲　也对，讲好的钱照付就跟咱没关系，走。

【入室。

刘惜芬　（见抬母）你们要做什么？我不让你们欺负我阿母。

【刘惜芬伸手阻挡，被推倒。农工甲、乙草草地把刘母抬下，最后刘惜芬拖农工乙的后脚。

农工乙　死女囡鬼，碍手碍脚，死一边去。（踹开）

【农工甲、乙将刘母抬下。

刘惜芬　（哭闹）还我阿母，还我阿母，你们不要抬走我阿母，求你们、求求你们了！（哭）不要抬走我阿母、阿母！还我阿母（切齿）——我恨死你们、恨死恨死你们！

【大妈拉着惜贤匆匆地上。

大　妈　芬儿！——孩子。（落泪）

刘惜芬　（哭）大妈！那两个坏人要把我阿母抬去哪里啊？

刘惜贤　妹妹。

【切光。

第一幕 荣膺受命

【1949年5月,厦门岛。

【鹭江之夜,雷声电光。郭秀治(腰别短枪,泛舟)匆忙上。

郭秀治 (唱)任命回岛出了游击区,组织今夕会议指矛头。政革风云犹未休,时逢天黑月色无。但闻江心寂寂橹声急,(橹声)众志成城迎新貌,厦门解放势所趋。如今窃取军机图,思索向来无巧计,领导荐了一同志,芳龄廿五智多谋。媲与天使性温柔,热心肠、承前志,心系厦门家国忧。(隐下)

【切光。

【顶井巷10号,刘惜芬家。大厅悬挂"重建山河"字匾;土地公神像、香炉、桌椅、扫帚、畚斗;刘惜芬、刘惜贤(提行装)、大妈上;大妈同姐刘惜贤准备回乡下。

刘惜芬 阿姐,趁现在还没下雨,赶紧走吧,大妈就交代你照顾了,最近外面很乱,这次出岛路上要多加小心。

刘惜贤 芬妹放心就是。

大 妈 我又不是走不动,紧张啥?阿芬,事情做完你得趁早回来。

刘惜芬 知道了大妈,我会尽快去乡下找您的;阿姐,你和大妈快点走吧。

刘惜贤 芬妹,你自己也要小心点。(同母下)

刘惜芬 (唱)滚滚狼烟遮盖鹭岛,浩浩大江壮志何愁!江山处处,儿女同奔赴,为民族解放事业,敌忾同仇。多少志士,洒热血、写春秋。

【刘惜芬准备为病人打针诊断的药具。李振声、内病友上。

李振声 (诡相)阿芬,阿芬在吗?阿芬在吗……

刘惜芬 我在家里,振声,请进来。

病友甲　阿芬，又来麻烦你了。

病友乙　看你整天都很忙，麻烦你真不好意思。

刘惜芬　不要紧，来吧，先坐下。（诊脉）都好得差不多了，你们俩这次拿点药吃，也就不用再来啦……

【郭秀治（党支部联络员）急上。

郭秀治　阿芬、阿芬——（见人多欲言又止）

刘惜芬　（迎上门外）这位小姐，您先里面坐一下，我待会就先给您看病。

郭秀治　刘护士，不急不急，你先忙；（低声）我去找惜贤和大妈先闲聊。

刘惜芬　（低声）秀治同志，快进来吧，我大妈和阿姐刚去农村，都不在家。

郭秀治　哦！这么凑巧。（入屋坐等）

两病友　（相续）阿芬啊，不打扰了，你忙吧，我们先走了。（下）

刘惜芬　欸！您走好，有空来坐。

李振声　（旁白）这女人到底是谁？（转对）阿芬，我想和你说几句再走。

【李振声拉着刘惜芬到一边欲行强吻，被推开。

刘惜芬　别这样振声，屋里有病人，让人看到多不好啊，请你多尊重我一点，好吗？咱们有的是时间，（轻声地）这段时间风声紧，你自己要小心点，要知道你现在的身份和以前不同了。

李振声　（旁白）刘惜芬，我可是想救你啊，你还真不识抬举。（无奈地）也好！那就下次再说吧。（悻悻地下）

郭秀治　阿芬同志！这人有点怪怪的，他是谁啊？

刘惜芬　哦，他是我介绍加入咱地下组织不久的志愿者，都是自己的同志，叫李振声，平时也蛮勤快的，天天都来我这里报到。为了早日解放厦门，我们需要更多的优秀青年加入组织。

郭秀治　嗯！凡事你自己要小心，注意隐藏自己的身份，不要过于相信一个人，记住敌中有我、我中也有敌的危险，党组织正在调查一个代号叫“蛇头”的人，据说是最近被厦门国民党特务收买的一个内部叛徒。阿芬——

（唱）黎明前，海岛云雾茫茫。细思量，党组织领导革命，厦门将迎来无限春光。

刘惜芬 （急）秀治同志，组织又有什么新任务？你说，我来完成。

郭秀治 （笑）刘惜芬同志，跟你说个好消息——

刘惜芬 秀治同志，你快说，是什么？

郭秀治 这次我带来党支部的两项工作任务：一是开展宣传、唤醒群众，扩大影响；二是扩大党组织，吸收优秀分子入党。再来就是祝贺你！党组织经过对你多次的考验，任务都完成得很出色，决定让你先入党，委托我来代理你入党宣誓——

刘惜芬 （激动）真的？太好了！

郭秀治 刘惜芬同志！现在党交给你一项重大任务是：需要委屈你以一个舞女交际花的身份去联系一个国民党军校毕业的进步青年，他叫杨越，是现在厦门警备区的军政要员，（递照片）这是他最近的相片。地点就在“丽池舞厅”，你要设法和他取得联系，尽快取得警备区、虎头山及岛内各处军事火力部署图，以利我人民解放军提前摧毁；还有，战斗打响之前，我军需要大量的医疗器械和物资，这些大家再一起来想办法筹备吧。

【刘惜芬心头起伏，沉思片刻。

刘惜芬 有什么委屈不委屈的，为了早日解放厦门，我个人的耻辱算得了什么，秀治同志！你放心就是，这项任务我来完成。

郭秀治 这张军事部署图对我军解放厦门岛非常重要，有了它，我们才能准确地把握敌人部署在岛内各处的火力要点，对我军将士的伤亡才能减少到最低限度，大军还不了解岛内敌情，所以才迟迟不肯贸然进军。惜芬同志，前段日子毛人凤派来一个军统特工，担任厦门警备司令，他就是号称“杀人魔王”、“毛骨森森”的毛森，千万要小心行事。这次任务非常重要，又非常艰巨，你有什么困难吗？

刘惜芬 ——暂时没有，我一定设法完成党组织交代的任务，我在想该怎样去联系这个人。

(激昂地唱)肩负组织重任,丹心一寸斗毛森。听取涛声帘外,望鹭江尽处幽深;我看到、看到厦门前景来临。

郭秀治 (自信地唱)为解放厦门激扬斗志,看热血儿女铁胆琴心。

(昂见字匾)“重建山河”,阿芬,这匾你什么时候写的?如此豪迈的气势,看不出是你女儿家的笔迹。

刘惜芬 嗯,这是我前两天写的,想想我们经历了这么多苦难的祖国,不容易啊!

郭秀治 “苦难的祖国”,是啊!山河破碎,我党重建,大家共同担起复兴大业;阿芬同志,我们就在这匾下开始你的入党宣誓吧。(拿出一面党旗)

【这时,幕外警铃杂乱,郭秀治急收党旗。

刘惜芬 外面肯定又出事了,魏光清这帮败类又在做什么伤天害理的事呢?

郭秀治 惜芬同志,来不及了,我得先走,改日再宣誓吧,(掏枪)这把短枪你带在身边,万一不测可以防身。

刘惜芬 不!秀治同志,我不能带枪,一旦被发现,让敌人抓住把柄,那就更危险。

郭秀治 也是,那你自己要多加小心!(欲下回身)惜芬同志,记住他的面容后,相片必要时就销毁。(匆匆下)

刘惜芬 好的,你路上小心啊!

【刘惜芬下。

【切光。

第二幕 智获军机

【幕外唱：

酒影摇红，芳心一寸意悠悠。

【一台分前后。夜，灯红酒绿的丽池舞厅，魏光清在热闹繁杂的一角。乐队、桌椅、吧台，歌女唱《何日君再来》："好花不常开，好景不常在……"三两国民党军官怀抱舞女亲热（以体现当时国民党军政的糜烂），两国民党军官（稍有醉意）、杨越（独自品酒）、若干舞女跳舞。

歌　女　（娇）我的处长大人，咱走吧。

魏光清　好好好，我的小宝贝，咱走、咱走。

【歌女依偎着稍有醉意的魏光清同下。

【装扮时髦的刘惜芬一身晚礼服携包上。（找位置坐）

军官甲　（迎上）哎呀呀！刘小姐，来来来，请您、跳支舞？

刘惜芬　长官客气了，请！

军官乙　哥们、兴趣不错，刘小姐，我——改天再请您、跳上十支——曲子。

刘惜芬　只要长官有雅兴，惜芬随时可以恭候。

【两国民党军官（醉意）向刘惜芬身上动起手脚，一阵狂笑；曲终。

军官甲　兄弟，走！咱到——别处、潇洒去；刘小姐，咱都是、熟人，我可告诉你，现在正是、非常时期，别、到处乱走。

军官乙　记住啊，小心我们那些、当兵的、把你、当共党抓起来，我们——走。（同下）

刘惜芬　我记住了，谢谢两位长官的提醒。

【杨越近邀刘惜芬。

杨　越　刘小姐，请您跳一支曲子，赏光吗？

刘惜芬　先生言重了，请！

杨　越　刘小姐的舞跳得很娴熟，很优美啊。

【李振声稍后上。欲入内，见刘、杨拥抱着跳舞贴身低语，止步俯身。

刘惜芬　先生过奖了！惜芬该怎样称呼先生您呢？

杨　越　哦！我姓杨，单名一个“越”字。

【舞曲中，杨越向刘惜芬附耳低语。刘惜芬欲拿笔被拦住，示意记在头脑里；再次附耳低语一阵。

刘惜芬　（含情举杯）谢谢杨长官的赏识。来，惜芬敬你一杯，干！

杨　越　（低声）还有一批医疗器械和其他物资，照我给你的地点去找人，他会告诉你怎么做，等战斗一打响，这些都是解放军所需要的。刘小姐，切记！

李振声　（嫉恨地旁白）刘惜芬，你他妈的原来在耍我，如果今晚不是我亲眼所见，还一直被你蒙在鼓里，哼！你以为我真为你去革什么命、去找死啊？咱来倒骑驴看唱本，走着瞧。（恨恨地退下）

【曲终杨越隐下；刘惜芬出了舞厅（幕外）。

刘惜芬　（唱）云步匆匆出舞楼，看他仪表堂堂才情显尽风流。我芳心、恰似春花等待花郎求。方才私语密筹谋，他叫我、武器弹药兵力暗堡方位记心头；看他细致行事、再三叉交代，一时我、身系军机要密不敢逗留。（匆匆隐下）

【灯暗。

【双十中学警备区操场。毛森、魏光清、杨越，数名士兵上。

毛　森　（唱）上任厦门清乱党，暗访明察共匪人。维护国军一席地，扭乾坤、压反民；奉命为党国、血洗鹭岛再起风云。

【依稀一蒙面男子的身影（蛇头）上来和毛森私语片刻，领赏后隐去。

毛　森　重金能差鬼推磨。诸位，刚才“蛇头”送来消息，现有女共匪刘惜芬混入我警备司令部，看看海岛对岸尽是共军，她的目的肯定是窃取厦门岛海防的军事部署图。还有，一个叫郭秀治的女匪头在负责厦门地下党的联络活动，这两个人要给我严查严办。如果让我查出有谁泄露党国的国防机密，莫怪我毛森不讲情面，一律军法从事。

魏光清　（旁唱）如今党国势已衰，“蒋头儿”早已溜出海。今日百姓皆朝共，我需设法两头留一退路来。

我魏光清这个军法处长才有一个为升官，再为退路的万全打算。（转对毛）司令，我有一个建议，不知——

毛　森　魏处长有何高见，说来。

魏光清　（唱）凡有嫌疑传闻，下手抓来便是真。再以特务明查访，少者灭九亲；多则血洗厦门岛，斩他尽、灭他绝、这帮共匪人。来日高举青天白日旗、迎国军。

如此共党分子还愁杀他不尽、灭他不绝吗？呵呵呵……

毛　森　嗯！本座也有此意，魏处长——

魏光清　到。

毛　森　本座命你先把刘惜芬和郭秀治缉捕归案，不管是活人还是死人，都要拿来见我。记住，只许秘密逮捕，不许公开声张。

魏光清　是。（对士兵）立正，向前看齐，齐步——走。（隐下）

毛　森　（旁唱）不是蒋家臣、莫攀亲，笑你们太可怜。岂不知、杀人纵火罪归你，委员长面前邀功在我身。

杨干事，传我命令：全岛贴出党国的“十杀令”，凡有投共亲共的或嫌疑者一律缉拿归案，若有违抗者——就地正法。（下）

杨　越　是。

（唱）看风云不测，青山鹭水冷寒。一场浩劫呈眼前。江河怒啸，正气高歌振宇寰。今日兵戎一室，恨杀这大魔头即起硝烟。

“十杀令”，厦门眼前将是一场血雨腥风，事关重大，我得尽快设法把刚才这里的消息传出去。（下）

第三幕　泄密被捕

【幕外。

【刘惜贤提菜篮，手着“十杀令”告示上。

刘惜贤　(惊)“十杀令”：通匪济匪者杀；造谣惑众者杀；破坏治安者杀；抗税抗粮者杀；泄露军情者杀……

(唱)十杀令、杀人魔，厦门即将一场血雨腥风。赶路程、如焚心急切，不知芬妹是否在家中？

【郭秀治拿“十杀令” 急上。

郭秀治　惜贤同志，我刚好要到你家去一趟，赶快通知惜芬同志撤出岛外，到乡下暂时避风头，她已经被人出卖，身份暴露了。

刘惜贤　我也是刚入岛半路看到这“十杀令”的。

郭秀治　性命攸关，你快回家通知她撤出岛外。

刘惜贤　好！我这就回去，也不知她在家不？

郭秀治　我得快去通知徐淑智、陈彩云、吴静邦她们停止活动，和其他暴露身份的同志尽快撤离出岛，你家我就不去了。(分头下)

【幕启：顶井巷10号。半夜，房间、窗外一弯斜月、虫声。书房。一张桌椅，刘惜芬在床前灯下看革命故事书，片刻翻到一张厦门地图册——

刘惜芬　外面风声如此紧张，为防万一，我何不把杨越同志告诉我的岛内军事设施点标在这张旧图册上呢？对，这样会更安全。(标图片刻)放哪儿好呢？——有了。(见箬帚拿入内稍后复出)

(唱)历史悠悠东逝水，兵戎铁马有穷时。厦门指日烽火熄，民生不受虎狼欺；大地丝雨接春归。士农工商太平日，渔樵耕读言笑坐晚炊。

【(音效预兆灾难)一阵狂风。写日记(心灵幻音)：“同志们，为

了民族的和平与团结——记着吧，不要忘了青年的使命！”又一阵狂风。（以下词牌吟唱，由杨越持尺八洞箫和于高处，曲终即隐）

刘惜芬　起风了（关窗），不知大妈和阿姐现在可好？记得老家小时候的古厝，那一幕幕历历在目，犹在眼前。趁现在更深人静，我来填一阕词，以怀念儿时住过的农村老家，曾记得——

（执笔吟唱）红砖屋，庭前石磨风中竹。风中竹，山村古道，落红千簇。　儿时风雨惟间宿，曾经煤火窗前读。窗前读，长暝独对，霜风寒菊。（——《忆秦娥》）

【刘惜贤急上。

刘惜贤　（慌）芬妹、芬妹、芬妹在哪里？

刘惜芬　阿姐，啥事这么紧张？大妈呢？

刘惜贤　大妈还在乡下咱家，我刚才路上遇到秀治同志，她叫你赶紧离开这里，出岛避一下，说你身份已经暴露了，你现在的处境非常的危险。芬妹，趁天还没大亮，敌人也还没来，你赶快走吧！

刘惜芬　（沉思）全国都基本解放了，为了厦门早日解放，我不能走，一些联络方式只有我知道，我走了以后，组织就无法正常展开战前工作。阿姐，革命没有回头路啊！况且，人民大军正在对岸等着我这里部署图的消息呢。

刘惜贤　（入内取一件大衣）芬妹，我的好妹妹！再不走恐怕就来不及了。

刘惜芬　那我到后山避一阵子，若无情况我天黑再回来。阿姐，你想办法告诉秀治同志说明晚有一批药品器械和经费，叫她到预定的地点去取货，其他的我都交代好了，目前那地方还是最安全的，万一我有不测，告诉她部署图——

【魏光清幕后：“弟兄们，把这破房子给我围起来，一只苍蝇也别给我放过！”

刘惜贤　（急）芬妹！

【魏光清带四特务持枪上。

魏光清　谁是刘惜芬？

刘惜芬　——我就是。

魏光清　搜。

【甲、乙两特务入内搜；丙、丁两特务捆绑刘惜芬。

两特务　没有。

魏光清　带走。

【魏光清等绑走刘惜芬。（下）

刘惜贤　你们不能乱抓人啊，你们不要抓我的小妹呀！她没做什么呀……

【切光。

第四幕　狱中斗争

【午夜钟声。幕后唱：

寒窗铁索，晚钟秋夜伴江吟。

【狱中。审台、铁链、脚链、鞭、各种刑具；毛森、四卫兵、老狱卒、特务甲上。

特务甲　毛司令，刘惜芬已被抓到。

毛　森　郭秀治抓到没有？

特务甲　（点头哈腰）真凑巧，这次让郭秀治给逃走了。

毛　森　可有搜出其他共党的信息？（自语）肯定是他泄的密？——去把杨干事叫来。

特务甲　是。（两卫兵跟下）

【魏光清，乙、丙、丁特务押刘惜芬上。（毛森对特务乙一阵私语，特务乙下）

毛　森　刘惜芬，我来问你，只要你老老实实地说出共党联络人郭秀治的下落，我毛森说话算数，决不为难你，马上放你出去，怎样？

刘惜芬　（旁唱）毛贼不过--走狗，嚣张能几时？组织机密免想从我口中知。老贼他、他此谋不成将何计？

众　敌　（先后）说、说、快说。

刘惜芬　（思索）难道他？——你说的这个人我不认识。

毛　森　（怒斥）刘惜芬——

（旁唱）谅你不说命难保，看你酷刑能过几重关。一计不成环一计，待我抓来人质刘惜贤。有道是最是亲情莫过血肉相连。我看你、我看你，我看你怎过这亲情关。

（狞）你真的不见棺材不掉眼泪吗？哼，他妈的，拿下重刑伺候。

【刘惜芬几声闷叫之后遍体鳞伤，血迹斑斑地拉上。

魏光清　司令，她昏迷过去了。

毛　森　让她醒过来。

老狱卒　是。(慈心地冲水)报告长官,她醒过来啦。(近前扶刘)——孩子!

刘惜芬　(唱)天昏昏,凌厉凄风又狂雨。地沉沉,冷寒刺骨透肌肤。

毛　森　(冷冷地)刘惜芬,我再问你,岛内共匪郭秀治在哪里?还有哪些人是共党分子?如实说来,本座可以免你一死。

魏光清　如实说来。

老狱卒　(旁白)畜生啊!哪有这样刑罚人的呀?真的是要败水崩山。

刘惜芬　(吃力爬起)现——在,就我、一人,他们——早就——出岛去了。

魏光清　"他们"都是一些什么人?

众特务　(先后恶狠狠地)说!

【(音效)几阵涛声。

刘惜芬　(唱)我看到、山河春光无限。怒海狂啸,那阵阵涛声不息,熬过了严冬便是春花烂漫。我看到、这大江苍穹,敛去了硝烟,明日便是艳阳天。我看到——看到红旗招展,飘扬虎头山。我叹惜、叹惜未能铁马跨鞍驰骋战地前沿;我叹惜、叹惜今日未能为民锄奸!

【毛森上前狠踢刘惜芬。

毛　森　(阴森森地)你他妈的!想早点死还不容易?不过,我得先让你瞧瞧。

刘惜芬　(正气不阿)毛森,朗朗乾坤之大,皓皓日月之辉,这天下不是、不是蒋家王朝所能一手遮天的;我们来自人民的革命者,自有前仆后继人,这就是天意、天意,你懂吗?这"天意"本来就是民意!是天下穷苦百姓的意思——

魏光清　(一记耳光)你他妈的!还嘴硬?把她的嘴堵起来,带上去吊起来。

刘惜芬　你们不会不知道吧,10 月 1 日,中华人民共和国在北京成立了；毛森，一个全新的中国诞生了——

【刘惜芬嘴被封。

【舞台分开上下。特务甲上与毛森附耳低语。

毛 森 （恶狠狠地）你说的没错，那又怎样？现在你刘惜芬的生命还不是在我手里？我毛森岂是徒有虚名？就算你不说，我同样可以抓到郭秀治让你看，到时候就算你后悔也无济于事了。拖到后面吊起来，我让她听听看。把那小子带上来。

【两士兵押杨越上。

特务甲 司令，杨越带到。

毛 森 （乜斜着眼）杨干事，你还有什么话说？

杨 越 毛司令，我杨越顶天立地，从不干对不起天地良心的事，不知你要我说什么？

毛 森 （拍掌）嗯，非常感动。我说杨干事，没有缘故我是不会请你来的，你和刘惜芬真是天生的一对“英雄”和“巾帼”嘛。亏你还读过党国军校，背叛党国是什么样的下场？你不清楚吗？我毛森的为人你应该更清楚，是吗？（一脸奸相）

杨 越 毛司令，我不明白你的意思——

（旁唱）身在虎穴露目标，由来何故未知晓？绝不出卖天理人道，任他刀山、火海，丹心一寸付云霄。

不知道她现在是否安全？

毛 森 杨越，刘惜芬已经招供了，你死到临头还不肯说实话吗？

杨 越 我刚说过了，我没有做错什么，你要我说什么？

魏光清 杨干事，大家都是明白人，装傻是没有用的，还是老实交代你和共党分子的活动地点及有关共党人员的相关情报吧。毛司令也会看在同是为党国效劳的情分上，对你从轻发落，或者是网开一面，但只要你合作。

杨 越 毛司令！你应该知道，谋杀是一个政党走向毁灭的开始，暗杀是极端手段，公开杀戮已经是到了垂死挣扎的末日。今天，我中华民族操戈一室是党国的悲哀，更是全民族的不幸啊！

毛　森　（一记耳光）好啊，大道理留着以后慢慢跟你老祖宗讲去，还敢教训我？那我、就、成、全、你！重刑伺候。（阴森怪笑）

【杨越又是几声闷叫。

毛　森　把他带进去。（走向刘，阴沉沉地）呵呵！怎么样？听到了吗？刘惜芬，听说你和杨越这小子的舞跳得很亲热，他可是你心目中的白马王子呦，亏你舍得让他这样为你痛苦地受煎熬？——要不，我再让你看看另一个人，把她带上来。

【特务乙又带上刘惜贤。

魏光清　刘惜贤，我来问你，你妹妹刘惜芬往常一般都跟一些什么人在一起？你要老实说，你要是不说，她很快就会死在你的面前。

刘惜贤　（急）我妹妹在哪里？我妹妹在哪里？我要见我妹妹，你们把她怎么了？你们不是说她要见我吗？她在哪里、她在哪里？你们可不要伤害她呀！

毛　森　（狞笑）刘惜芬现在还死不了，我像宝贝一样把她看着呢。

魏光清　我们会不会把她怎么了、伤不伤害她，就看你说不说实话，全都取决于你的一句话。

刘惜贤　（旁唱）此地尽是畜生与豺狼，自得神态意洋洋。难道芬妹她
　　　　……看来今日不寻常。

毛　森　（阴毒地）刘惜贤，你可要想好，为了保全你妹妹的性命，就得跟我合作，没你的选择余地。

刘惜贤　我妹妹是个护士，经常和一些病人在一起，为他们看病打针。（眼珠一转）对了，我知道她还经常去舞厅跳舞——

毛　森　都和什么人跳舞？

刘惜贤　我又没跟她去，我怎么会知道？——哦！对了，听说好像是和警备区里面的一些高级军官跳舞。

毛　森　（怒甩一掌）你他妈的！你最好别惹本座，本座一样可以让你

死，不过我看你还长得也不赖。

刘惜贤 （一惊）你想干什么？

毛 森 （佞相）呵呵呵，我想干什么？哼——给我带下去。

【毛森招呼魏光清低语。

魏光清 司令的意思是？

毛 森 （暗示）还要我教你怎么做吗？

魏光清 是，还是司令有远见，用她作为鱼饵——高！

毛 森 （旁白）这天下大势已成定局，这帮共匪个个都在玩命，我得赶快另行打算！

【舞台归向刘惜芬。（解开封嘴）

刘惜芬 毛森，我刘惜芬干革命的事也绝不会让家人知道，因为这是在跟你们玩命。广大人民群众的力量是无坚不摧的，精神斗争的力量也是无限的，你们就算有再大的本事，也受到时间和空间的限制，况且全国大都已经解放了。

毛 森 跟我讲什么大道理？刚才你不也看到了，你不说，他们两个将成为你的替死鬼，特别是你姐姐，风华正茂，长得也不比你逊色。如果你现在说，我马上成全你和杨越的好事，让你们去美国结婚定居，给你们一辈子用不完的钱、钱啊！也绝不伤害你姐，行业有行业的规矩，我毛森决不食言，否则——（冷笑着下）

魏光清 （点燃一根烟）嗯！好嫩啊，刘惜芬。

【烟头在刘惜芬身上点灸，使她痛苦地呻吟着。魏光清也跟着一阵怪笑。

【切光。

第五幕　智解神机

【幕外。外声“滚出去”。刘惜贤焦虑地上。

刘惜贤　(心灵幻音)不知芬妹怎样？——我该怎办？(隐入)

【随着刘惜贤的隐入，两戴墨镜吸烟特务前后跟着上台，神秘兮兮地跟着路过隐下。

【黄昏。顶井巷10号，客厅，桌椅、土地公神像、香炉；刘惜贤、郭秀治、李美美、徐淑智、陈彩云、吴静邦拿着药物在商量组织营救刘惜芬。(随之杂乱的脚步声)

【魏光清、卫兵、特务押上遍体鳞伤、血迹斑斑的刘惜芬破门而入。

魏光清　谁是郭秀治——

【众人同时一震；刘惜芬看到郭秀治，两人同时暗吃一惊。

刘惜贤　这里没有郭秀治。

刘惜芬　阿姐！(泣)

魏光清　搜。

【众特务隐入，稍后重出。

刘惜芬　(一边)阿姐，昨天你是怎么出来的？

刘惜贤　一个特务说你要见我，去了没见着你，在看守所里他们把我威胁了一阵，后来关了我一夜，天亮后就把我赶出来了。对了芬妹，你怎么知道我去看守所里呢？他们把你关在哪里呢？我怎么没见着你啊？他们啥时候会放你回家呢？

刘惜芬　(旁白)敌人岂会轻易放过我？我又怎能扰乱阿姐的情绪呢？阿姐！恕我不能告诉你。——(低声)阿姐，毛森这老狐狸的用心是放你出来引诱秀治同志，你千万要注意，别让敌人抓住什么把柄，她现在的处境很危险，还好今天有这么多人。

刘惜贤　(低声)秀治同志让我转告你，那些医疗物资已安全运出岛；你

说的这些我也有感觉到，但不知敌人今天来得这么快。(泣)

刘惜芬 (大声)阿姐，别哭！不知道哪个“蛇头”说郭秀治经常来咱家。

魏光清 (对徐淑智)你是谁？你到这里来干什么？居民证拿出来检查。

【李美美背向递给郭秀治无照片居民证；魏光清接着向其他人查证。

徐淑智 我感冒了好几天，咽喉痛得厉害，来找刘护士拿点药吃，刚好和她们几个碰到一起。

陈彩云 我没带出来。

吴静邦 我忘记了带在身边，也不知道这里要检查户口。

【郭秀治递上李美美给的居民证。

魏光清 (疑视一阵)你叫李美美？

郭秀治 是的。

魏光清 (旁唱)今日逮人逼问共匪联络首，此中可有联系人？虎威之下屈愚民。这些人、尽是稚气未脱弱女子，稍后酷刑拷打出语真。

(指李美美)你——

李美美 (化名)我叫李芳，是来这家走走闲聊的，又不去鼓浪屿，带居民证干啥？我家就在民国路，要看现在跟我去拿。

魏光清 (指徐、陈、吴)把她们都带走——

刘惜贤 不、不！求求你们不能到我家乱抓人啊。

刘惜芬 (喝)住手！你们不要疯狗乱咬人，跟她们没关系，阿姐——

(唱)人生聚散应随意，为人本应言骨气。

刘惜贤 (唱)怨煞苍天无眼识好歹，肉食豺狼向善欺。亲情姐妹难分离，我共母亲盼你早归期。

刘惜芬 (唱)好阿姐，莫伤悲，我为人间扬正气！

芬、贤 (合)骨肉情深无尽泪，最是伤心离别时。

魏光清 都给我带走。

刘惜芬 慢着——

魏光清　刘惜芬，我看你还是说了吧？

刘惜芬　（旁白）不能让秀治同志落入虎口，我得把这群豺狼引开。（思索，对魏光清）不关她们的事，我可以告诉你郭秀治的联络地点，不过——我有条件。

【众人暗惊，魏光清示意放人。

魏光清　条件？（暗喜）只要你肯说，什么条件？——欸，不对，我凭什么相信你？

刘惜芬　（旁唱）莫教她、再入囹圄，尽快虎口逃生。我今日、不幸落入魔窟，怎能出卖战友求荣。卖了她、即使身脱离，来日千古骂罪名。

（矛盾，旁白）说了，卖了人道主义；不说，她们——（欲前又止踌躇片刻）不！我不能说！

魏光清　刘惜芬——

刘惜芬　（毅然）等出去告诉你。（示意魏到一边）南山地处偏僻，林中有一片公墓和一间破旧的土地庙，是晚间和岛外联络的地点，什么时候接头，用什么方式接头回去告诉你。信不信由你，但你不能为难我阿姐和这几个毫不相干的无辜人。

魏光清　（略思）嗯，这倒符合情理，我就相信你这一次。刘惜芬，党国又没有亏待过你，为什么这么恨党国？

刘惜芬　我恨你们这社会的黑暗、腐朽，逼死我阿母；我恨你们这帮不思报国的小人，在民族危难时视而不见；我恨你们这帮鱼肉乡民、侮虐同胞的衣冠禽兽！恨你们——那是因为我对这个国家，对我脚下这一寸土地有着深沉的爱！我对这一切的爱有多深，对你们这帮衣冠禽兽的恨就有多深！

魏光清　哼！管你恨不恨，我要的是你说出郭秀治的下落。（旁白）刘惜芬，重刑之下，你终于肯说出郭秀治的去向了。（一脸阴森诡谲）——走。

刘惜芬　（看到土地公神像）等等，阿姐，点三炷香给我。

【刘惜贤递上香，郭秀治一直注视着，刘惜芬趁跪拜之机在地上写字，再用金纸遮盖。

刘惜芬 （拿笤帚扫，暗示）阿姐，这客厅的飞尘很多，以后厅里的金纸要拿到外面去焚烧，我不在的时候，你要经常整理清扫这屋子。（拿着笤帚不舍放下，旁幻）秀治同志，部署图就在屋里的笤帚管里，你要去找啊，送图的重任就靠你了！（与魏光清等下）

刘惜贤 （厉声泣喊）芬妹——

众 （轻声）惜贤同志！惜贤同志！

郭秀治 （拿金纸欲出看见）"今夜子时，南山土地庙"，难道她在暗示我们？——对，肯定没错。

众 什么？

郭秀治 大家想想看，惜芬同志临走时对着土地公神像叩拜，并且在地上写下"今夜子时，南山土地庙"；可能是在告诉我们她今晚要把敌人引入山里，否则，她不会无故冒着被敌人发现的危险写这几个字。

李美美 嗯！秀治姐所分析的很有道理，我们一起去营救吧，想办法把她救出来再说，大家的意见呢？

众 对！我们应该想办法把她救回来。

刘惜贤 说的也是，敌人一定会逼芬妹带路，她刚才叫我要经常清扫院子时在扫地，手里的笤帚好像不肯放下，不知有什么用意？

郭秀治 笤帚？（略思）大家分头将笤帚都拿出来看一下。

【大家找来并酌思了一阵。

李美美 你们看，我手里这把好像拆过？

郭秀治 把它拆开来看一下。

李美美 在这呢——

刘惜贤 厦门地图！（打开暗喜）芬妹在上面标有敌人部署在岛内各处的火力点。

郭秀治 小声点，这可是惜芬同志冒着生命危险换来的呀！

【病友甲、乙恨恨地急上。(急收图,打开门)

病友甲　阿贤啊!这帮杂种将阿芬抓去做啥?

病友乙　这些婊子真的没人性,高兴时没事,不高兴就乱抓人,乱杀人,真可恶,天公神明也不趁早把这些人收回去!

郭秀治　老乡,先别激动,我们正想办法去营救惜芬同志呢,这里很危险,你们先回去吧。

病友甲　若是要救阿芬,我算一个。我是个农民,不懂啥办法。你们说,我得做什么?

病友乙　我也算一个,看看今日,都活得这样痛苦,男子汉大丈夫,死就死,有什么好怕的?

郭秀治　借夜色掩护,是可以一战。听我说老乡,不能让你们去冒这个险,我们自有安排。况且,你们又没有战场经验。

病友乙　怎么?嫌我俩是粗活人,怕连累你们啊?

刘惜贤　秀治同志,就让他俩一起去吧,这里的夜路两位阿伯熟悉,况且,我们也正是缺人手的时候呢。

病友乙　对对对!还是阿贤说得对,现在正是缺人手的时候。

郭秀治　也好,那就一起去吧,老乡,你们来介绍一下南山土地庙周围山路的情况吧。

病友甲　靠近东角的大路直通土地庙,西南有两条小路可以走到土地庙,不过不好走。

病友乙　西北以后全是密集的树林,出去就是海边了,站着看底下的海面很深,相当的危险。

刘惜贤　敌人众多,又这么危险,我们才这几个人,况且大都是姐妹,有用吗?

徐、陈、吴　是啊,就凭我们几个人,有把握吗?

郭秀治　(动情地)姐妹们,我们的国家从近代受八国联军的侵略到抗日战争,又到今天的民族解放,我们多灾多难的祖国能一次次艰难地熬过来,那是因为我们有着无数舍身求法的仁人志士,是他们舍生取义,不惜牺牲自己的性命,挥洒热血,才使我们中华民族五千年的文明古国盛而不衰地屹立在亚洲的东方！刘惜芬同志就是这样的人。所以，今天——我们还有什么可怕的呢？

【一阵沉默。

陈彩云　秀治姐，我听你的！估计敌人也不会去多少人，就算多去几个，我们多带一些手榴弹，多炸死他几个。

徐淑智　嗯！先做再说，能不能抓到我们，敌人也没底；秀治姐，我也听你的！

吴静邦　秀治同志，你说得对，我们国家就需要惜芬同志这样的人。说，我们该怎么做？你安排吧！

刘惜贤　（激动）秀治同志——

【郭秀治做了战备分工。

郭秀治　现在救人要紧，我和惜贤、这位老乡一路，你们三个和这位老乡一路，两位老乡比较熟悉这里的山路地形，就让他俩带路吧。大家的战斗器械各自检查带好，马上出发，注意预防特务跟踪，我们要以最快的速度赶在敌人的前头作战备工作，大家见机行事，不管谁能救下惜芬同志，都要尽力掩护，安全撤往集美方向的海边；再是做最坏的打算，要是营救失败，大家千万不要走小路，以免被敌人追上，只有分散从西北方向进入密林，再从两边撤离，才尽可能会安全，千万要记住，不能直走，前面是死路。

徐陈吴　是！（隐入）

郭秀治　美美同志——

李美美　到。

郭秀治　这一战能成功营救的可能性不大，一切都要靠我们自己，大军被挡在对岸，我们是不可能有外援部队的，一会儿撤往集美就看你的啦。

李美美　这没问题，秀治同志，我这就去准备渡船——

【郭秀治隐入与徐、陈、吴更换服饰。

【切光。

第六幕　夜战南山

【幕外唱：

星依稀，野茫茫，革命巾帼虎胆过须眉。

【李美美上。

（唱）接应同志出虎口，急往海边备渡船。（隐下）

【舞台分前后。星夜，南山林中土地庙，徐淑智在高处走动；魏光清等押着刘惜芬（凭借微光）上；郭秀治，刘惜贤，陈彩云，吴静邦，病友甲、乙陆续上；（隐伏）陈彩云、吴静邦在来回走动。

特　务　长官，前面发现有共党分子在走动。

魏光清　你们带几个人分两边包抄过去，其他人从正面给我上。

郭秀治　不出所料，果然没有来多少敌人，打！

【（音效，烟火）地雷声、枪声一阵混杂。激战中魏光清被炸伤。

病友乙　老大哥，咱两个就这里跟他拼。

【幕外唱：

南山上，看红妆虎胆林间。烽火斗豺狼，神武慑山川。十月寒夜，豪气盖九天。舍生取义威震海疆，一腔正气战南山。

【病友乙打死二敌。

病友乙　（恨）死好！死好！就是要打给你死——（中弹牺牲）

【接着病友甲重伤，郭秀治、刘惜贤一扶一包扎。

病友甲　阿贤啊！——你们、不要、再打了，快、快走，先保命要紧、保命要紧啊，有命、才有本钱、跟他拼。

刘惜贤　阿伯，你要振作精神——

病友甲　孩子！（转看病友乙尸体）我俩、都是穷苦人，活着也没啥意思；让这帮人——剥削、欺压，不如跟他拼、死——还倒干脆。你们，快、走啊！（牺牲）

刘惜贤　（哭）阿伯——

郭秀治 老乡，感谢你们为民族的解放事业献身！（向病友甲、乙敬礼）

陈彩云 秀治姐，后山两边有敌人向我们围过来。

郭秀治 （吃惊）啊！看来不能再打下去了，久战对我们不利，大家赶快分散进入林中，尽快撤往集美方向的海边汇合，不要再作无谓牺牲了，快撤！

刘惜贤 （低声）芬妹！（和郭秀治先后隐下）

魏光清 弟兄们，抓活的一个奖五百大洋，打死一个奖三百大洋，给我上！

【陈彩云一枪打中魏光清手臂，魏随之惨叫。

吴静邦 （自语幻白）“因为我们有着无数舍身求法的仁人志士！”

徐淑智 （自语幻白）“是他们舍生取义、不惜牺牲自己的性命，挥洒热血才使我们中华民族五千年的文明古国盛而不衰地屹立在亚洲的东方！”

陈彩云 （自语）“刘惜芬同志就是这样的人。”（恨）魏光清，刚才这一枪怎么没把你打死啊！

吴静邦 淑智同志、彩云同志，大部分的敌人向秀治同志她们那边过去了。

徐淑智 我们抄过去先挡他一阵，掩护惜贤和秀治同志先走。

陈彩云 好！把敌人的火力压下去，让秀治姐和惜贤姐先撤。姊妹们，为了党的革命事业，为了解放厦门的胜利，我们——豁出去吧！

【酣战中吴静邦、徐淑智、陈彩云击毙、伤数敌，同时也先后受伤，后山的敌人围上来，三人被捕隐下。

魏光清 你们带几个人往山下的大小两条路追下去，抓不了活的打死也来领赏。

敌　军 （齐）是，长官。

【灯暗。

【空间转换。郭秀治、刘惜贤（持枪匆忙）上（两人在夜林中一

空地惊险地摸索）

郭秀治　谁——

刘惜贤　秀治同志，我是惜贤。

郭秀治　哦！吴静邦、徐淑智、陈彩云她们人呢？枪声突然停止，难道她们——不行，我得去看看，（取图）惜贤同志，你把这张图送出岛外，集美渡头李美美会接应你，你们过海后把它交给党组织，集美渡头那边会有我们的人接应你的。

刘惜贤　（急）等等秀治同志，你不能去，现在敌人肯定加强严密封锁各处出岛要口，万一这张图我——我送不出去，那不是反而误了大事？

郭秀治　（唱）一战南山失利，姐妹同志生死皆不知。岂能苟且偷生置不顾，待我入山救同志。

刘惜贤　秀治同志——

（唱）且莫鲁莽入虎口，行事要三思。大局更为重，愿她们，虎口身脱离。

（伤心地）但愿芬妹她——平安无事！

【郭秀治情绪纷乱，矛盾重重。

郭秀治　这——我怎能置战友于不顾呢？再说来的敌人并不是很多。不行！

（欲走）我还是去看看再说。

刘惜贤　秀治同志！你不能去。

郭秀治　（唱）为救我、她身在虎穴受酷刑，怎舍得、她对我这般情。若是今夜不顾及，明日岂不为世人所言笑，笑我薄情寡义偷残生。

还有什么好办法呢？不可！我得去看一下。（欲行）

刘惜贤　（拉住）秀治同志！您就别去了，（泣）就凭咱两人，哪有可能？还是以大局为重吧！咱先去渡口和美美汇合，等过海后把地图送给大军再商量设法营救芬妹吧。

郭秀治 嗨！——但愿姐妹们都能安全脱险。（朝山敬礼）惜芬同志！您舍身相护、义薄云天，今夜叫我怎么对不起您如此深重的情义啊！（泣下）

【幕外。毛森上。

毛 森 对岸尽是共军，厦门不久就要开战，眼前战事紧张。这里我是待不下去了，若让共匪抓去，只有死路一条。这时不走，恐怕连走的机会都没了，得找个合理的由头。我毛森这次来厦门又枉费了一番心机，天意、天意啊！（下）

第七幕　热血秋风

【一台分前后。牢房里，各种刑具，徐淑智、陈彩云、吴静邦受酷刑后一身血迹在“厦港看守所”，睡眠中；刘惜芬入梦（幻景）：杨越被押上，枪响人倒。（隐入）

刘惜芬　（大喊）杨越同志！

【众惊醒。

徐、陈、吴　惜芬同志，你怎么啦？

刘惜芬　没什么，做了个噩梦。你们怎么也被抓来？（轻声）那张部署图呢？

吴静邦　那张地图找到了，在秀治同志和你姐那儿，大家分析到敌人会逼你带路，所以就合计去南山营救你。

徐淑智　在南山，我们故意暴露目标是要引敌人上钩的。

陈彩云　我们提前在路中埋下地雷，等你走过去后我们就拉线炸死他。

吴静邦　（恨）可惜！我们手里的地雷和手榴弹太少了，要不然多炸死他几个。

刘惜芬　你们误解我的意思了，我把敌人诱到南山土地庙，空走这一趟是为了让你们在这段短时间内尽快地撤离出岛，没想到你们却反过来要救我，险些误了大事啊！都怪我当时匆促间地上的那几个字没写清楚。

【这时，特务押上杨越。（一台中分男女狱）

刘惜芬　杨越同志！

杨　越　（抱拳）诸位难友！（转对）惜芬同志！

【两人百感交集。

【幕后唱：

情脉脉，意悠悠。鹭岛秋晚风残柳，壮志难酬恨无休！青春不言悔，同心革命付春秋。

刘惜芬　姐妹们，我来介绍一下，他——就是杨越同志。

众　好标致的小伙子！

徐淑智　（唱）且看他，青春年少展英姿，问世间，如此才俊有何几？

陈彩云　（唱）且看他，双剑眉间逼英气，天庭下，一双明眸显睿智。

吴静邦　（唱）且看他，言谈举止何洒脱，英雄汉，高风不失铁男儿。

【老狱卒上。

老狱卒　年轻人！告诉你们一个最新的好消息，我刚才听说明天人民解放军要来解放咱厦门岛了。

陈、吴　（悦）明天人民解放军要来解放咱厦门岛了，真的吗？

徐淑智　太好了，这一天我们终于盼来了！

刘惜芬　（愁）恐怕敌人——

【两国民党兵带枪上。

特　务　杨干事，有请。

杨　越　——知道了，你们外面先等着。

【两国民党兵退出两边。

老狱卒　（恨恨地）都是这些狗杂种在害人，你们这帮狗杂种得趁早死哦！孩子们，咱先进去一下。

【徐淑智、陈彩云、吴静邦同老狱卒下。

刘惜芬　杨越同志——

杨　越　（唱）花开自有花落时，花落大地化春泥。泰山鸿毛两相比，任他世人衡量轻重微。

刘惜芬　（仰望窗外，《绝句》吟唱）西岭残阳无尽愁，海天白鹭去悠悠。

杨　越　（接）夜临九月凉初透，革命征途又一秋。

【刘惜芬难过地为杨越整理衣扣。

杨　越　惜芬同志，夜来风凉，你要多保重啊！

（唱）瞬息平地起风雷，丹心不屈血男儿，何惧断头台！

（欲下回身）感谢你！今生有你伴我观此沧海之横流。咱为革命献身在所难免，别为我难过，如果有来生——

刘惜芬 （感伤地握手）我们再携手同观沧海的——每一个日落、和日出！

杨　越 我、先走一步！（敬礼）

刘惜芬 （含情地）前路——珍重！

【杨越露出一缕欣慰的笑容，在悲壮的笑声中走下，接着传来两声枪响。

【此时无言的刘惜芬眼中饱含无限情意，神情恍惚。黄昏（灯光渐弱）。

【杨越幻音：惜芬同志——

刘惜芬 （恍惚而急切）杨越同志！

【（三度风声）一度凄风，郭秀治之前幻音："惜芬同志，记住他的面容后，相片必要时就销毁。"刘惜芬缓缓撕开衣服线缝，拿出没有撕毁的杨越相片；二度凄风中默视；（在以下的歌声中为杨越感伤落泪）

（幕后唱）这一张小小的相片。在这夜阑人静时，我瞩目着夜空的灿烂。那微笑的星儿，仿佛在欣赏，欣赏我痴痴的梦幻。这一张小小的相片。诉说着许久的真，流露出心中的思念。一颗执著的心，脉脉地珍藏着这一张小小的相片。

【三度凄风，稍后刘惜芬入梦：毛森强拉刘惜贤上，被扇一耳光，抗拒之下的刘惜贤拾物砸伤毛森，被击毙。（隐下）

刘惜芬 （惊醒）阿姐！

【收起相片，倚窗望月（一束银辉斜入狱中）。

刘惜芬 杨越、阿姐，请原谅我不能说，我不能出卖自己的良知，更不能出卖党组织。

（唱）阿姐啊！你我姐妹一场将别离，但愿你、此生平安无是非！大妈啊！宽恕芬儿不能陪伴您，您教我，为人争气不争财。明月啊！代我转告大妈知，来生再谢养恩惠。鹭江啊！我一腔热血，为明日、虎头山上红旗添风采。

【一台两地。鸡叫二更（钟声），大妈、刘惜贤上。

大　妈　（唱）芬儿啊！你可知？大妈早早出乡里，声声呼唤我儿你名字。芬儿啊！你可知？大妈日日盼你来，夜夜等你听鸡啼。

刘惜贤　（唱）芬妹啊！你可知？咱家不能没有你，你来看，咱妈瞑日念你珠泪垂。芬妹啊！你可知？阿姐我满腹话儿说与谁？唯咱姐妹一场最相知！

（为大妈披上外衣）大妈！咱回去吧。（同下）

【早晨，幕外传来钟声。

刘惜芬　天亮了，东方一片红霞，那红霞就是希望，那红霞就是今天厦门人民的新希望！

【魏光清带特务上。

魏光清　刘惜芬——

【徐淑智、陈彩云、吴静邦急上。

陈、徐、吴（先后）惜芬姐；阿芬同志！

刘惜芬　（对众）同志们，为了民族的和平与团结——记着吧，不要忘了青年的使命！（押出）

第八幕　魂归鹭江

【幕后唱：

风落梧桐，寒星无语雁南飞。

【萧索凄凉的丽池舞厅。夜，若干舞女、两乐师皆在吸烟闲聊；桌椅、吧台，歌女旁的留声机放歌《何日君再来》："好花不常开，好景不常在……"

【魏光清上。

歌　女　(急迎)处长大人、处长大人，我千盼万盼，可把您给盼来了。

魏光清　看你这么急，是不是有什么事求我啊？

歌　女　(撒娇)厦门都快要打起来啦，您啥时候带我一起去台湾啊？

魏光清　明晚十二点钟的船，你赶快准备一下，到时我派车来接你一起去台湾。

歌　女　太好了！我就知道你不会丢下我不管的。(拥抱)那我先去收拾一下了。(下)

魏光清　嗯，你去吧，记住啊，明晚十二点在舞厅门口等我的车。

【歌女幕后甜甜地一声："放心吧！我会很准时的。"

魏光清　(歧笑)像你这种贱女人也配和我去台湾？自己也不照照镜子，哼！(隐后)

【清晨缺月，舞台点点银光表示寒露。魏光清、特务押刘惜芬上；鸿山脚下尽是山菊花；绞刑具，鸦叫、云雁、钟声。《山菊颂》，幕后杨越和声，高亢、激昂地。

刘惜芬　(幻唱)遍地山菊花烂漫。听取雄鸡几声，长天碧水迎归雁。飒飒飞霜敛去了千红，独我笑傲天地间。更待来年春风雨，与君相逢一笑尽开颜。

【一人身影(蛇头)至刑场对魏光清附耳说："处座，毛司令说他

有事先走一步。”（递与委任书）（隐入）

刘惜芬 （旁白）这个人的身影好熟悉啊，好像在哪里见过？

【记忆中，郭秀治（幻音）：“阿芬同志！这人有点怪怪的，他是谁啊？……凡事你自己要小心，注意隐藏自己的身份，不要过于相信一个人，记住敌中有我、我中也有敌的危险……”

刘惜芬 （旁白）难道他就是“蛇头”？

【灯光逐渐转白。魏光清示意封堵刘惜芬的嘴，以下刘惜芬皆为心灵幻音。

魏光清 “委任书，魏公启：本座近日欠安，医生诊为劳疾，奈何本地医疗条件差，应回台湾治疗一段时日。因此，本座授公权理厦门事务！惟公堪负此重任——”我呸！毛森，你妈的逃命去了。

（唱）老奸巨猾贼毛森。顾你自身逃命去，留我此地两头不是人。如今厦门进退尽惊魂。恨当初空做梦，未想到、终是引火焚自身。

刘惜芬，给你最后机会也没用了，你说不说也都无所谓了，现在也留不得你了，今天就是你的死期，（狠踢一脚）挖好的这个坑就是埋葬你的墓地，现在你该不会再南腔北调了吧？（苦笑）

刘惜分 哼！为了民族的解放事业，我们革命者本来面对的就是死亡。魏光清，你堵得住我的嘴，却堵不住我的心。

（走动幻唱）你亏欠人民罪恶累累，血腥沾满双手。记当初、家国恨、民族仇，你苟且偷生不知羞。今朝灭绝人性，残害同胞不止休。

我！看到了——

【舞台分开。这时刘惜芬心灵出现海市蜃楼的幻景：海峡长桥飞架两岸，涌上一群（当代）小学生胸佩红领巾和彼岸的学生欢聚于桥中，手执鲜花交谈着。

【片刻，四面响起激烈枪炮声。

【灯暗，众学生隐入。

【回到现实。

刘惜芬　魏光清，就算你逃到台湾去，台湾始终是祖国的，是中华民族的台湾！你残害同胞，人民岂会原谅你？

魏光清　刘惜芬，杀你为快，就算以后厦门再好你也看不到了。（向幕后李振声招手）绞死她。

刘惜芬　但厦门人民看得到！

【李振声嚣张地上。

李振声　（狰狞地）哈哈，刘惜芬，（阴险）本来我还不想让你死，可你不识好歹，今天让我李振声终于有报复你拒绝的机会了，就是能亲手绞死你了。让你死个明白，我就是你们地下党人在明察暗找的"蛇头"，他们给我黄金，有钱能使鬼推磨；谁给我好处我就帮谁做事，这天经地义，只要我身边有了黄金，女人多的是。

刘惜芬　（双眼含恨）李振声，杀人的滋味好受吗？

【李振声面对刘惜芬怒视的眼神胆怯而后退。

【再现《序》片段。陋屋，一床一桌一椅。刘母躺床上，旁置鸦片膏，神情呆滞；童年的刘惜芬在和姐刘惜贤玩耍。

刘　母　阿芬啊！阿母有话和你说。

刘惜芬　（近）阿母，你叫我啥事啊？

刘　母　阿母若不在你身边的时候，你自己要乖，要懂事，要不别人会欺负你——

刘惜芬　我会听阿母的话——

刘　母　我儿记住，无论遇到什么艰苦困难的事情，你都要勇敢、坚强地去面对，不在阿母身边的时候，你要听你大妈的话，她会疼你。（稍后）阿贤——

刘惜贤　姨妈，你叫我？

刘　母　妹妹比你小，她若不懂事，你要让她一点好不？

刘惜贤　嗯，我会，妹妹很乖的，她和我玩得很好。

刘惜芬　阿姐，来和我玩。

【刘母吞下鸦片膏，顿时不省人事。

刘惜贤　（片刻）姨妈，你怎么不说话呢？你醒醒，快来人啊，姨妈不会说话了。妹妹，你等一下，我去叫人，将阿妈找来。（跑下）

刘惜芬　阿母，你怎样啊？你说话啊，阿芬会乖、会听你的话，阿母，你说话啊——（哭）

【甲乙两农工拿草席、麻绳、扁担上。

农工甲　喂，兄弟啊，头家叫咱将她抬出去随便埋了。

刘惜芬　（见抬母）你们要做什么？我不让你们欺负我阿母。

【刘惜芬伸手阻挡，被推倒。农工甲、乙草草地把刘母卷起抬下，最后刘惜芬拖农工乙的后脚。

农工乙　死女囡鬼，碍手碍脚，死一边去。（踹开）

【农工甲、乙将刘母抬下。

刘惜芬　（哭闹）还我阿母，还我阿母，你们不要抬走我阿母，求你们、求求你们了！不要抬走我阿母、阿母！还我阿母（切齿）——我恨死你们、恨死恨死你们！

【魏光清打破刘惜芬的回忆。回到现状，片段《序》隐入。

魏光清　小子，赶快执行。

刘惜芬　（幻音）阿母，虽然这时是我生命的最后一刻，但我在民族解放的革命事业中得到永生，女儿无愧今生！

【刘惜芬被李振声绞死后匆匆掩埋。

李振声　处长，天快亮了，咱快走吧。

魏光清　嗯，那快走吧。

【魏光清举枪击倒李振声。

李振声　处座，你怎么对我下此——毒手？

魏光清　嘿！你小子连自己喜欢的女人都下得了手，留你在身边终是我生命的祸害，你会出卖她，同样也会出卖我。所以，你只有死，我才会放心。（逃下）

李振声　你、不得好死——（死亡）

【幻灯：刘惜芬遇难日，1949 年 10 月 16 日；午后时分。

【幻灯：次日，总攻开始。

【枪炮声密集，灯光在歌声中逐渐由淡红转为白，再转昏黄。幕后合唱：

秋风送巾帼，落花舞人间。曾记得，丹心一片，迎来红旗招展虎头山。鹭江月，铁马硝烟绝，一代风流热血写新篇。

【（灯效）下午，在漫天飞舞的山菊花雨下吹响冲锋号："冲啊！"郭秀治、刘惜贤、李美美等与众解放军将士冲上，插上军旗；片刻，欢呼声中的郭秀治匆忙地隐下。

军首长　（与众握手）感谢你们这些战斗在第一线的同志啊！同志们，感谢你们及时送来岛内的军事部署图，大军才能顺利地解放厦门岛。

刘惜贤　欸！秀治同志呢？

李美美　是啊，刚才还看到，会去哪里呢？

军首长　我刚看到她匆匆地从那下去了，走，看看去。（众下）

【此时，漫天花雨，刘惜芬幻音："同志们，为了民族的和平与团结——记着吧，不要忘了青年的使命！"

【落幕。

【剧终！

——2013 年 7 月 25 日

附 诗歌剧《鹭江魂》创作历程

（一）郭老重托

那时是2009年10月的一天下午，对厦门戏剧颇有研究的郭茂楼老师在报社工作，一有空我常去找他闲聊。郭老拿出一本刘惜芬故事的文献书籍给我，希望我把她的英雄事迹，以舞台剧的形式写下来，说这是解放厦门的老革命家前辈郭秀治的毕生夙愿。这本书是“厦门通俗文艺研究会”出版的《新中国的奠基石——刘惜芬》，编者是郭秀治。郭老告诉我这是作者平生的心愿，并大体向我介绍了刘惜芬生平的革命故事。

（二）创作始末

我把这本书反复地看了一个礼拜，看完了刘惜芬生平的英雄事迹介绍，觉得她很了不起，是解放民族新生的榜样。我觉得有必要把她写下来，让更多的人认识她，敬仰她。也就开始去熟悉当时厦门地下党组织联络时的地理形貌以及风土人情和战地——囚禁她的监狱，考察当时革命者活动的地理环境，这样才可能更接近地再现当时解放厦门的战斗生活。

为了减少或避免剧中出现一些不必要的客套文辞，我去厦门大学咨询黄拔荆和林丽珠教授，两位启蒙老师也叫我多去实地考察。后来我到同安路的妙法林寺和鼓浪屿当时的博爱医院，去感受一番当时革命旧址的情景。鼓浪屿的博爱医院现在只留下几座低矮残旧的小屋，我也就坐下来追溯一番感受，再上住院部楼层的走廊去走了一下。然后回到鸿山寺山下的丛林中，听说这个片区是当时刘惜芬就义的地方，不由溯洄时空去和她进行心灵的沟通，感受她当时英勇革命生涯的艰难困苦。

之后我又到新华路现台湾公会旧址内观看厦门近现代战争图片，通过资料想象当时的战争场景。接着观看“两岸心连心”的一系列图片，感受祖国的统一。于是,我在故事的尾端展现出“海峡飞桥”,以超时空的手法去体现两岸少年在桥上和谐共处的艺术情景。

我再次走进“大生里”附近的厦门 5·25 破狱斗争旧址考察,曾听说这里也囚禁过刘惜芬,是国民党时代的“厦港看守所”。看到阴森的铁门和镣铐,部分刑具和两排囚室,更深切地体会到当时革命者视死如归的大无畏精神。同时也读懂了民穷必反的真理,才有后来在剧中出现两位当地百姓不惜牺牲性命为革命献身的崇高精神。我仔细地去观察了每一个能走到的角落,并且再度穿越时空和英雄们沟通,感受他们的伟大。于是,我就在现场寻找诗作,回来后整理出《考察厦门破狱斗争旧址》一首六言诗:

铁罩囚房冷锁,青砖白石幽廊。

几何战地豪士,换取人间霁光。

此时正值谷雨时节,风雨交加。当我撑伞来到烈士纪念碑后的公墓前,看到前面的枝叶飞落,是那样的从容,又是那样的洒脱。

进入烈士陈列馆,那靠墙两边来回的烈士简介透过玻璃清晰可见。当浏览到 1949 年 10 月解放厦门牺牲的几位烈士的图片前,刘惜芬那熟悉的生活遗照和寝室呈现在眼前,看她柔和灵秀的眼神显得蔼然可亲。想想她的牺牲是如此的悲壮,又是如此的伟大,那是她有着刚烈顽强的斗志啊! 此时,任窗外雨声淅沥,这里面依然如此的宁静。“人生自古谁无死,留取丹心照汗青。”我又一次和英雄们沟通了,终于有所体会到他们为人类的解放事业而战斗的献身精神。

也不知道在里面站了多久,出来已是春晖遍地,顺着陈列馆的甬道回走,眼前挂满晶莹水珠的枝上一片春意盎然的景象。走完这些地方回来后,我开始进行剧情的重新整理和布局。在创作的过程中,我时常被自己的语言文字同化。这些感受,使我更深地体会到:变革一个全新的时代真的很伟大!

（三）成剧之后

初稿完成以后，外面却有人传说刘惜芬叛党一事。我不得不到处去查证她“叛党”的材料。有位七十多岁的老党员告诉我说刘惜芬当时在厦门的战友没有一个人被她出卖过，说叛党是在诽谤她。且说当时酷刑后的刘惜芬当场面对敌人和身边的战友郭秀治，都没有揭穿她的身份，这是最有力的凭证。况且，当时国民党要抓的就是他们眼前的这位女中豪杰——郭秀治。

有谣传刘惜芬受不住酷刑的过程中有供词录音。我再次到厦门大学找林丽珠老师问起这事，因为她是厦门本土人，老师告诉我没听说过刘惜芬有叛党的事。平等对话，当时两党敌对，兵不厌诈，即使有，谁能证明这不是反间计呢？结果没有找出能证实刘惜芬叛党的确凿凭据。

厦门市作家协会和厦门市通俗文艺研究会非常关心本剧的创作，并将于6月16日举办研讨会审阅本剧的初稿。

——2013年5月1日

2 圯上咏[1]

时代背景

汉武帝前后期。

人　　物

司马相如(字长卿)、卓文君、茂陵女、春花、秋月、四婢女、二侍女、歌女、舞娘(若干)、车夫、众差役。

幕　　序

第一幕　长圯别早秋　　　第二幕　琴操黄昏后

第三幕　楚馆挑灯台　　　第四幕　锦归吟白首

① 古典音乐剧。

剧情梗概

该剧以一首五言绝句为剧幕标题，故事以私奔后的司马相如在成都家乡“青衫掌勺，红袖当垆”起笔。在升仙桥上和唱时听到雁声，体会到“雁过留声，我将留下什么”的人生思索。

这时恰逢卓文君之父卓王孙送来黄金丝绸与一封书来轻薄，激怒了司马相如，顿时向卓文君说明要去长安求取名字，临走前在桥柱上题下“不乘赤车驷马，不过汝下也”的坚定信念。之后，在长安艳遇茂陵女引起一段情缘。最终负了茂陵女，衣锦还乡。

若干年后，青丝已华发的司马相如脑海中重现对茂陵女印象的一刻。

引　子

【幕外。月夜私奔。

【马车；司马相如（负包袱）、卓文君、春花、秋月（着蝉翼披风，跌倒）相扶上车（下）

第一幕　长圯别早秋

【升仙桥。山峦重叠、酒馆、荷花、枫林落木、亭台（置：管弦）。

【相如（布衣）、文君（春花、秋月，必要时伴奏）先后上。

相　如　夫人来晚，当歌一曲。

文　君　这——晚来当先而歌？

相　如　晚来当先而歌，夫人，今日就让相如以箫和之，何如？

文　君　如此我歌来便是。

（唱）曾记得，共君私奔时，披星戴月惊我爹妈来阻止。百般都是为着共汝结连理，共汝相伴出门时，都亦不敢对我爹妈说起；怕说我妇人无规矩。咫尺天涯路远，无亲说就里。愿君对我相惜起。那见得，寒鸦有反哺恩，我今不得守候爹妈尽孝义。

相　如　夫人！夫人因我为难，相如于心有愧。

（唱）曾记得，当初时。琴操《凤求凰》，当原初时惹动东君神态。隔着屏风有汝暗听来，当初为汝献艺，惹来今日风流事。感谢汝不相弃嫌结伴来，春风桃李返家乡，此生来相依。

文　君　不知夫君他日敢会见异而迁？

相　如　相如此生有汝这大才女相伴，足矣！岂有迁徙之理。

文　君　（娇）什么“大才女”啊！

【几声雁唳长空。

相　如　(自语)是啊！人生短暂，雁过留声；吾以何留？

【四婢女(捧黄金、锦缎)上。

四　婢　员外交代，请小姐和奴婢同返临邛。

文　君　这——(摇头)

一　婢　司马相公、小姐，老爷差奴婢送来黄金千两、锦缎百匹和一封书。(书交相如)

文　君　(喜)是我母亲，敢是我母亲之意——

【幻音。(讥讽)司马长卿："汝与吾女门户不当对，此黄金绸缎归汝，此生衣食无忧矣，请让吾女文君返来。"

相　如　(严肃)春花、秋月，将卓府赠金与绸缎，如数退还。

春、秋　小姐——

文　君　夫君作何解说？

相　如　(唱)身为男儿当求名字，免于外人长短话，莫得负汝真心意，恰似向来雁留声。

文　君　相公可是要去长安求取功名？

(唱)我君此去长安城。若得名字早早来传书，那时候，衣锦返来故里荣。

相　如　(怒唱)我今落薄寒士，恰似孤鸟叫声悲，为免汝厝爹妈轻薄相如穷意志。

文　君　秋月，依夫君之意，汝如数退回就是。

秋　月　是，小姐。(下)

相　如　夫人！

【相如怒返桥上书之。

文　君　(念)"不乘赤车驷马，不过汝下也。"

相　如　(抚琴愤慨)曾约东风和一曲，长江岂愿送秋霞！

文　君　(暗喜)未知相公几时起程？

相　如　此去长安路途遥远，相如即刻就起行。

文　君　也好！愿夫君早日荣耀归来，夫君稍候——(入内取伞、盘缠)

待文君送你一程。

（唱）送君起行。若得名字返来振家声。形影依依，您得谨记咱姻盟。

相　如　（唱）今去京畿求名字。我为你，日后扬名耀门庭。才来共汝温存，今我家徒四壁叹伶仃。人笑我今朝落薄一寒儒，等待举头日，返来报得汝些儿情。

文　君　（唱）夫君您当记心头，莫得贪恋路柳花娇，误我此地对春宵。

相　如　（唱）咱今出只长桥外，见许云山岭路缥缈。此地村郭荒郊，汝请留步回头。

文　君　夫君！

（唱）此去长安路途千里，须得早宿日上赶路程，免于霜风露冷透寒衣。

相　如　（难舍依依）夫人！天色不早了，送君千里，终须一别。汝——且回去吧！（下）

文　君　（含情脉脉）夫君！一路珍重！（伫望片刻，下）（掩幕）

第二幕 琴操黄昏后

【时过三冬。幕后吟唱：

迢迢孤月北风吹，寒星无语雁南飞。

【吟唱中启幕；酒馆、桥亭、早梅、溪流。

【卓文君 上。

文 君 （唱）又是早春寒意，看玉树花枝，想当初莲藕并蒂。今晚照云鬓疏残，记得黄昏宴客时，一曲《凤求凰》歌表意。长天无语会琴心，惹动我芳心爱如斯，无限底事。

未知我君身在长安何如？愿伊人求得名字，早日荣归，免我日夜相思！

（接唱）衡阳归雁，声声我君千百遍。不敢问路人，莫是来去间？琴台玉箫愁闲。云水楼前，更不堪那春意阑珊。

文 君 昨日酒馆有传闻，说我夫君在长安另有新欢。有道是：人言可畏！待我修书长安，诉与《白头吟》。（执笔）

（念）皑如山上雪，皎若云间月。闻君有两意，故来相决绝。今日斗酒会，明旦沟水头。躞蹀御沟上，沟水东西流。凄凄复凄凄，嫁娶不须啼。愿得一心人，白头不相离。竹竿何袅袅，鱼尾何蓰蓰！男儿重意气，何用钱刀为！

【春花（进茶）上。

春 花 请小姐吃茶。

文 君 欸！——春花，你把这封书托人寄去长安与我夫君。

春 花 是！（下）

【卓文君 操琴。

【幕后唱：

林间夕照溪流，别时秋。向晚亭台丝竹意悠悠。长桥上，多少琴弦对沙鸥。

【转换时空；舞台分开。

【长安。（楚馆）楼上。

【司马相如（锦衣）上。

相　如　（唱）为着名字出乡里，身着锦衣从头来说起。自来长安识得茂陵女，伊是京畿一商女。听我无奈林里玉箫吹。看伊识得箫琴艺，问我何地来京畿。我说是锦城来此求名字。人地生疏悔煞当初题桥柱，才来叹无奈。伊劝我莫叹愁，说要为我引见名士荐丹墀。看伊诚心实意，相如才共伊人结此情缘，今来意马心猿不知夫人啥心思？

【茂陵女上。

茂　陵　相公，待茂陵来抒怀一曲，请相公为我鼓琴。

相　如　茂陵姑娘歌来，相如——和之便是。

茂　陵　（唱）好风好水好天气。玉郎楼上相随。记得当初识君时，布衣两袖孤身已。看伊正年少，青春暗怀才。赋得《子虚》明光殿前尽青睐。惹我芳心倾伊人，来日结亲谊。

相公——

见君标致，一时惹我方寸竞桃李。我为他引荐杨得意。他如今锦衣着身布衣除，英气堂堂，无愧人中一须眉。共君同衾枕，双双又对对。浴得春风比翼人间，春柳啼莺；恰是人间佳期。

茂　陵　（娇示）相公！

相　如　茂陵姑娘，您先内一步，相如稍后就来。

茂　陵　如此我就先内而去了。（下）

【司马相如弄琴。

【升仙桥上，飘雪、落日、炊烟。

文　君　哎呀！下雪了。

(唱)又见春雪纷飞,想起送君时。他寒衣少带,又是一度梅红时,惹我想起夫君,孤身出乡里。日落山,炊烟起。未知君汝寒衣,足以御春寒?愿天地神明佑庇我君早返来。

【侍女(持书)上。

侍 女 司马大人,锦城寄来封书。(下)

相 如 哦!锦城来书《白头吟》;(浏览)"愿得一心人,白头不相离。"这——(掩下)

【春花上。

春 花 小姐,有一长安路客说咱锦城出了个大才子——

文 君 (喜悦)春花,你是说司马相公?——果真求得名字了!

春 花 那路人还说他、说他和茂陵一花魁已经鸾凤和鸣。(下)

文 君 (一阵琴声急奏,弦断)

(唱)平地一声惊雷。无言换取千行泪,多情负我,望长安一路寒山。夫君,记得当初琴弦脉脉意,而今书尺尽稀微。却畏你别去无归期。桐丝忽断,佳期无可待。忍心负我万缕情意,秋水无故锁我愁眉,菱花莫对伤心事,会减了青丝。且返去再修书,愿君早日返故里。(下)

第三幕　楚馆挑灯台

【长安(楚馆)。(门前杨柳,赤车驷马,时近中秋)

【司马相如、茂陵女、二侍女上。

茂　陵　相公,近日寡言不乐,这是为何?你看,今宵月色溶溶,想相公汝多日未沾滴酒,来来来,请与茂陵同杯,莫负今宵之风月。

相　如　(矛盾地)“莫负今宵之风月。”(共饮)

茂　陵　(唱)风月如诗,良辰常是佳期。杯酒谢月老,牵只红丝。玉池清水泛起涟漪。罗帷帐里,共您枕上细私语,须待人静时。

(情意脉脉)相公,相公啊!

相　如　哦,姑娘叫我?

茂　陵　不知相公因何而闷?

相　如　(慌)何有何有,姑娘多心了,今宵如此夜色美景,相如岂有何所闷?(斟酒)

(旁唱)记当初贫寒,幸遇文君随我跋山涉水来返圜。前日鸿书到只哀怨。亏伊人相扶持,识得名士荐吾丹墀,今日两难为;如今去留都不是,怎能忍心瞒伊只情缘。

茂　陵　相公!明月当空,春风和煦,如此良宵美景,有美酒而无歌舞——何兴矣?

相　如　(心事)哦,说的是。

茂　陵　歌女、舞娘何在?

【内声:“来了。”歌女(抱琵琶)、舞娘上

歌　女　不知东君喜何曲而赏?

茂　陵　汝有好曲歌来便是。(稍后酒中入眠)

歌　女　官人、小姐听来——

(唱)朱楼上,月台风打霜,为君抱琴倚纱窗。看星斗阑干,露冷更深,记得共君当初时,暮暮朝朝出入都成双。怜君汝山

岭路远，谁知今旦劳燕各一方。君汝迷恋楚馆秦楼都不返，误我只地孤琴对秋江。悔教汝当初觅封侯，而今窗外月正光。

【司马相如烦躁地挥退歌舞。

【数声杜鹃啼叫。

相　如　又是杜宇啼月声归去，娘子啊娘子！非我不思归，只是未着时。

（唱）歌弦声断愁煞寸肠。又听见，杜宇啼月归去忙。咱今莫得忘伊人，恨煞今宵夜未央。

【入夜，梦幻升仙桥，卓文君（幻影）踏雾而至。

文　君　（怒）司马长卿，司马长卿——

【相如惊起。

相　如　啊！原来是夫人来了。

文　君　汝这冤家！何以悖逆当初之盟约？

相　如　（委屈地）娘子！我——

文　君　（唱）怒斥负心郎，横眉冷竖。汝这亏心人，辜恩负义，亏汝读那圣贤书。今旦得了荣誉，忘了文君，生性风流慕秦楚。今驷马锦车忘了当初。

相　如　夫人！听我说来——

（唱）相如非是薄情郎，几度梦中，为汝朝思暮想。别来长安，举目一片野茫茫。我夜烛窗前，日访贤士进谏无门廊。

文　君　哼！……

【文君归稳升仙桥。

【司马相如梦回原处。

相　如　（梦呓）哎呀！夫人你、你误解了——

【鸡啼，梦醒挑灯。

（唱）更深一梦，伊人哀怨来到只。怪我忘了糟糠，锦衣不返辜恩义。伊岂知我暗地瞑日思想，今沈腰疏了玉带。为人情，伊岂知我无奈。而今归无期。举目看，风落梧桐遍地。更深露冷对孤月，怎知我为伊人只地暗相思。

【鼓响五更，天明。

相　如　鸡叫五更，天色明了。

【侍女(带书)上。

侍　女　司马大人，昨晚成都又寄来一封书。(呈书，下)

相　如　(一惊)《诀别书》——

(念)春华竞芳，五色凌素，琴尚在御，而新声代故！锦水有鸳，汉宫有水，彼物而新，嗟世之人兮，瞀于淫而不悟！朱弦断，明镜缺；朝露晞，芳时歇；白头吟，伤离别。努力加餐勿念妾，锦水汤汤，与君长诀！

娘子，文君娘子！

【举步欲出，回首茂陵女。

相　如　茂陵姑娘，非我薄情义，只因当初与文君有约在先，如今她又修来《诀别书》，相如我、我不得不别你而去。(留书)

【幕后唱：

挑灯写了一封书，容君出只长安归故里。相惜一场今别离，多情一去千万里。别去依依出堂前，自今叙情南柯里。

待我修书去锦城——《报卓文君书》：

(念)五味虽甘，宁先稻黍。五色有灿，而不掩韦布。惟此绿衣，将执子之釜。锦水有鸳，汉宫有木。诵子嘉吟，而回予故步。当不令负丹青，感白头也。

岂料锦城一封《诀别书》，成为汝我长安之诀别，茂陵姑娘！愿他日、汝紫竹招徕玉凤。嗨！我司马相如瞑日惧来之事，终是来了；车夫何在？

【车夫上。

车　夫　请大人吩咐。

【相如手着《诀别书》，凝视眠中的茂陵女。

相　如　收拾行装，取来油纸伞，即刻驱车故里还，差一快马回书锦城。

车　夫　是！（送伞、接书下）

相　如　（着残伞细看）茂陵姑娘，珍重！

【置书于桌上，欲下又返，终依依而下。

【片刻茂陵女醒来。

茂　陵　相公，司马相公！啊！《诀别书》，（泣喊）司马相公……（追下）

【幕后茂陵女失落唤声："相公，司马相公！汝何处去了、汝何处去了……"

【掩幕。

第四幕　锦归吟白首

【幕外。司马相如背负残伞，侍女驱车大队人马上。

【司马相如不时回首，以示对长安留恋。

【内声唱：

（合唱）归来兮，驷马雕鞍故里还。昔寒儒，一路春风面。过岭又翻山。近了家乡，远了长安。遥望长安何处是，山岭归云雁。

侍　女　司马大人，不远就是升仙桥了。

相　如　哦！近前落车，汝等且驱车置于酒馆。

侍　女　是！大人。（众下）

【幕启：升仙桥。山峦、酒馆、春花、桥、亭、观（置：管弦）。

【卓文君 坐对琴台。

文　君　（唱）孤琴独对黄昏，那见得，寒鸦几对共行云。几时报得暮归人。桐丝接断，而今心意难陈。怨煞鸿书，只怕杜宇声断无人问！莫是陵阙朱楼锁深院，金莺绣帏销魂。求得名字忘了文君！漫说当初旧事，琴箫亦温存。而今望断云山忆王孙。蜀江春水接远山，愿君返来圆我旧时真。雁去雁来应有信，唤起离人归梦远，莫教锦江看浮云。

昨日长安传书说不日还乡，愿君早日归来，方不负我孤琴只地怨黄昏。（弹琴）

【司马相如持残伞上。

相　如　（唱）一路故里还，举目长安都不见，重重山岭遮我双眼。自今两地音书断。但见荒野草萋萋，负却姑娘为前缘。自今云涯万里。当初别去是秋期，但见隐隐我乡关。

【鸟音。

忽听见枝上春鸟啼。它是为我相如啼怨，那琴弦切切凄凄。今来如故，但得对伊人来细说起。

【持残伞上桥。

相　如　夫人，文君夫人！相如返来了。

【卓文君举目略眸，置之不理。

文　君　（冷冷地）谁不知锦城大才子衣锦还乡。

相　如　夫人啊——

（唱）所幸衣锦归来。潮起潮落都有信，相如怎能背义。且莫怪我转来延迟。一支油纸伞，汝请看——风雨残伞梗依旧。

文　君　（心动）“风雨残伞梗依旧”、谁人信之——

（唱）我文君为汝瞒过爹妈。谁知汝辜恩，害得我孤灯独对。鸳鸯帐内冷衾枕，贪人新靓忘我旧身已。

相　如　夫人恩情，刻骨铭心，相如焉能忘却你我当初青衫掌勺、红袖当垆之清苦？

（唱）因落薄，身在长安不由己。受人情，劝教夫人气度宽些儿。相如非得已，请夫人莫得生气，夫人、夫人啊！

【幕外唱：

任是路客匆匆，一溪芙蓉伴佳丽。园内人，墙外客，云雾开散万里晴，古来才子多情义。

文　君　汝、汝这冤家！自汝长安得意忘了临行，我只地长暝玉簟秋寒，锁了蛾眉远山。汝可知，叠叠阳关，我为汝唱了千百遍，升仙桥上终日举目长安？

相　如　夫人，相如岂无来之？是我不甘淡泊受人藐视，故而执意功名，方让汝受苦了，夫人你看——

（唱）林间春红，斜阳脉脉送归雁。

文　君　（唱）看那春水娇无限。

合　（唱）箫管鸳鸯共琴弦。从今不再话离愁，暮暮朝朝岁岁年年。

文　君　日落西山，已是晚膳时分，咱且返去酒馆。夫君，请了！

相　如　哦，夫人请！（脉脉同下）

【幕后唱：

黄昏桥上双飞鹭，小径寒山晨雾。迟来溪畔花前语，唤那春留住。

【灯效；以示时间飞逝。

【若干年后，相如与文君双鬓华发，两情殷殷地再现升仙桥游唱。

【司马相如、卓文君上。（箫琴和鸣）

【幕后合唱：

云桥碧水天，雅士玉人管弦。馀照亭前，两意绵绵。都是前世约了姻盟，但得今生相处，不再两地共婵娟。逢只黄昏，看鸳鸯，风流白发唱人间。

【茂陵女以当年形象在歌声中幻影于高台上。（烟雾中怨视相如）

【相如欲前又止，愧疚！

【片刻，卓文君拉其同下。

【落幕。

【剧终。

——2007 年 4 月 15 日